KB150355

섭식일기

슬기로운 식탁 탐구 생활

최미랑 지음

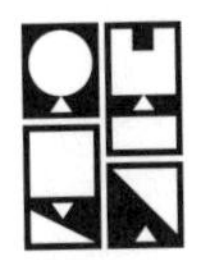

오월의봄

무슨 먹는 얘기를 하겠다고

아버지의 스텔라에는 노래 테이프가 딱 하나 있었다. 음악을 들을 일이라고는 차를 탈 때뿐이었던 시절, 이 테이프에서 나오는 노래들 하나하나를 나는 다 사랑했다.

"이 풍진 세상을 만났으니 너의 희망이 무엇이냐."

꽤 오래도록 나는 이 노래에 나오는 '풍진' 세상이 못 구할 것 없고 아쉬운 것 없는 세상인 줄 알았다. 알고 보니 정반대의 뜻이었다. 바람에 먼지 날리는 어지러운 세상을 뜻하는 말이라고 한다.

아직도 나는 이 노래를 부르면 '풍-' 하는 한 박자의 순간에 마음이 푸근하고 너그러워지는 것을 느낀다. 터지는 입술에서 공기가 새어나올 때 아무래도 이 음절은 풍요로움의 풍처럼 여겨지는 것이다. 아마 나는 내가 만난 세상이 좋은 세상이라고 믿어 의심치 않는 것 같다.

1970~1980년대에 청년기를 보낸 엄마와 아버지는 절약이 미덕인 시대를 살았다. 1988년생인 나는 교복이 있는데 왜 옷이 필요한지, 집밥이 있는데 왜 외식을 하는지 이해하지 못하던 부모 밑에서 자라면서 호기심을 달래기 위해 최선을 다했다.

이제 와 멋대로 먹을 형편이 된다는 게 여전히 가끔 생소하다. 명동 롯데백화점 식품관에 가면 전 세계 음식이 다 있다. 그것들을 한자리에서 볼 때 나는 어쩌면 사는 건 좀 시시해져버렸는지 모른다는 생각을 한다. 그리고 순식간에, 주문한 음식이 집으로 찾아오는 세상까지 되어버렸다. 먹고 싶은 것을 언제든지 먹을 수 있는 세상이라니.

어느 먼 나라로 날아가 식도락 여행을 즐기는 것도 너무 쉬운 세상이었다. 안 가면 나만 못 가는 것 같아서 안달을 냈다. 비행기가 멈추고 모두가 못 가는 시절이 오자 그만 알아버렸다. 언제 모자라서 문제된 적 있었나. 항상 넘쳐나는 게 문제였던 것이다.

어린 내가 가난의 상징처럼 여겼던 맛들이 지금은 나의 이상이 되었다. 너무 달콤한 과일은 무서우니까. 나는 엄마가 새벽시장에서 사온 '기지 과일'(상품 가치가 떨어져 싼값에 파는 열매를 엄마는 이렇게 불렀다) 같은 맛을 그리워한다. 조금은 썩어 있어 깎기 전에 칼끝으로 돌려 파내야 하고, 덜 달아 맹맹하지만 식감이 살아 있는 과일 말이다.

배부를 때 산해진미를 접한들 무슨 맛이 있겠는가. 결국 남은 과제는 맛있게 먹을 줄 아는 몸을 만드는 것이다. 더 많이 움직이고 덜 탐할밖에.

이런 생각은 고기를 끊으면서 더 강해졌다. 식탐의 시대에 화면을 채우는 육식의 향연을 외면해보니 새로운 세계가 열렸다. 부모님의 근면함과 먹을 것을 버리지 않음, 그것의 중요성을 깨닫는 나날이다.

섭식은 살생을 동반한다. 먹어야 사는 동물이자 유사 창조주의 지위에 오른 인간으로서 거대한 순환의 고리에서 내가 어디 위치하는지 둘러보고 무엇을 먹고 무엇을 먹지 않을지 고민해야 한다고 생각한다.

숲을 베고 사료를 키워 짐승을 먹인 끝에 많은 오염물질을 방출하고 입에 들어오는 고기가, 지금 너무 싸다. 실하고 영양가 있는 채소를 구하는 게 더 어렵게 느껴지는 것 같다. 이 글을 쓰는 순간에도 강원도 어디에서 돼지열병이 터져 1500마리가 매장당하게 됐다는 뉴스가 나온다. 비슷한 소식이 1년 내내 들려왔다. 짐승뿐만 아니라 사람에게도 못할 짓이다. 이대로는 행복할 수 없다.

탐욕의 폐해로 말할 것 같으면 육식만이 문제일까. 아보카도가 유행하니 밀림의 나무가 줄줄이 베어져 나갔고, 퀴노아가 슈퍼푸드로 추앙되니 값이 뛰어 원산지의 가난한 사람들은 먹지 못하게 되었다고 한다.

가끔 이 세계의 풍요가 견딜 수 없이 느껴질 때가 있다. 더 좋은 것, 더 비싼 것을 탐하면 나는 나를 착취할 수밖에 없다. 욕심을 줄여 덜 일하고 간소하게 먹는 것은 '더 많이, 더 많이'를 외치는 세계에서 나를 지키는 방법이기도 하다.

즐거움을 느끼는 데도 에너지가 든다. 매 끼니 팡팡 터지는 즐거움과 자극을 누리는 건 힘이 드는 일이다. 중간중간 단순한 식사가 끼어 있어야만 한다. 밥 굶을 일은 없는, 남들과 밥 먹는 것을 일의 일부로 삼는 30대 도시생활자의 주의사항이다.

나는 어디까지 먹고 무엇은 안 먹을지 나름의 기준을 세워나가는 중이다. 스스로도 혼란한 와중에 남에게 무엇을 전할 수 있겠느냐 싶다가도, 먹는 일이란 모두의 고민이니 고민이란 역시 나누며 가는 게 좋지 않겠냐는 생각으로 용기를 냈다. 새해에는, 우리의 안온한 일상이 누군가에겐 "폭력"이라고 용감하게 외쳐온 활동가들의 용기를 더 많이 닮고 싶다.

쓰면서 먹을 것을 내어주는 분들 생각을 많이 했다. 고기를 안 먹겠다 말하면서 시커먼 새벽에 나와 돼지와 소 사체를 해체하는 정육점 사장님과 하루 몇 마리 생선 목을 땄는지 알 수 없을 수산시장의 노동자분들이 마음에 걸린다. 나를 대신해 살생의 노고를 감수해온 분들에게 나의 어리석은 말이 누가 되지 않기를 바란다.

차례

프롤로그 무슨 먹는 얘기를 하겠다고 — 5

1. 나는 먹고, 너는 죽고: 씹고 뜯고 맛보는 동안에

달구 — 14
꽃게의 저주 — 24
문어 — 36
인간과 짐승 — 46
모기 가루 학교와 뒤주의 공포 — 54
반야심경 — 62

2. 식탁 뒤 숨은 마음: 서로 빚지며 먹는다는 것

언니들 마음 — 70
주류 감각과 이방인 감각 — 82
채소를 생으로 먹으면 사람이 죽습니다 — 98
가족의 외식 — 106
모두의 배 속 사정이 제각각 다른데도 — 120

3. 나메살따구 말고 : 즐거운 상상과 무한한 가능성

무엇이 걱정인가, 바게트가 있는데 — 132
대방어와 고통 없는 밥상 — 140
흑염소와 채개장 — 150
흥, 내가 맛없는 것 먹고 살 것 같은가 — 156
피드 관리 — 164

4. 허기와 부름 사이: 밥값 아닌 밥상을 위하여

배고픔에 대하여 — 170
영혼의 보약, 혼밥 — 180
스스로를 존중하는 법 — 184
죽이나 수프는 아니니까 — 190
옥상의 상추 — 196

에필로그 욕망의 재구성 — 207

도움받은 책 — 210

1

나는 먹고, 너는 죽고

: 씹고 뜯고 맛보는 동안에

달구

외할머니가 계란을 '다갈'이라 하는 것을 보고 달걀이 닭알에서 나온 말인 것을 알았다. 애인과 나는 닭을 가끔 '달구'라고 부른다. 찾아보니 전라도 말이라고도 하고 강원도 말이라고도 하는데, 우리 둘 다 경상도 출신이니 아마 이 말을 어느 대하소설 같은 데서 배웠을 것이다.

지나가는 비둘기는 '구구' 하고 곧잘 부른다. 길을 막던 비둘기가 퍼더더덕 날아오르는 바람에 가슴이 철렁 내려앉을 때면 아무 일 없다는 듯 자리만 옮겨 다시 바닥을 쪼고 다니는 그이에게 한마디 해야 놀란 속이 내려간다. 다가가서 발 한 번 구르면서 "야! 구구!" 하며 화풀이를 하는 것이다.

비둘기는 먹지 않지만 닭은 먹는다. 먹을 것에 친근한 이름을 붙여놓으면 조화롭지 못하다. '햐~ 달구 맛있겠다!'는 성립하지 않는 말이다. 썰리고 불에 타 상에 오른 살덩이들은 '고기' 혹은 '치킨'으로 불러야 맘이 편하다. 그래서 달구는 주로 내가, 다 먹은 후 쌓인 뼈를 보고 닭을 추모할 때 쓰던 말이다. '달구야 미안해'는 성립하는 것이다.

이전에 나는 내가 닭고기를 별로 안 좋아한다고 생각했다. 큰 착각이었다. 등심 구울 때 남들은 다 버린다는 떡심도 좋아라 주워 먹는 나였으니 살코기 사이에 기름 쏙쏙 박힌 소고기가 제일 그리울 줄 알았다. 웬걸, 고기 끊은 첫 달에 소고기 생각은 추호도 없고, 기름 걷어낸 닭 육수에 소금과 파를 넣으면 얼마나 달큰했던가, 오븐에 구운 넓적다릿살을 쫄깃한 껍질과 함께 먹으면 얼마나 만족스러웠던가만 자꾸 생각이 났다.

그러니까 좋네 싫네 해도 가장 만만하고 제일 자주 먹는 게 닭이었던 것이다. 과학자들은 미래의 지질학자들이 땅을 파게 되면 곳곳에서 수북한 닭뼈와 그것들로 만들어진 화석을 발견하게 될 것이라고, 그것들이 우리 사는 이 시대를 대표하는 특징으로 기억될 것이라고까지 말을 하지 않는가 말이다.

무엇이든 알뜰하게 발라 먹는 것을 즐기는 나는 닭을 먹게 되면 맨들맨들한 뼈만 남도록 깨끗이 먹어치우곤 했다. 포크로 살을 발라서는 힘줄까지 발라낼 재간이 없어, 약간이라도 체면을 차려야 하는 자리이면 손으로 잡고 뜯을까 말까, 뼈를 통에 버리지 못하고 미련으로 애를 태웠다. 커다란 물렁뼈를 지나칠 수가 없어서 애인이 먹던 다리뼈를 넘겨받아 뜯은 적도 몇 번이나 된다.

2020년 2월부터 고기를 끊었으니 그해 1월 내 생

일은 '고기를 먹는 나'의 마지막 생일이었다. 그날 애인과 망원우체국 사거리의 닭갈빗집에 갔다. 이 동네에 7년을 살면서 한 번도 가보지 못한 곳이었는데, 지나다니며 볼 때마다 손님이 북적였으니 틀림없이 맛집일 거라는 확신이 들었다.

생일을 기념하여 칼퇴하고 달려가 마지막 남은 한 테이블을 잡았다. 애인은 30분 거리의 회사를 막 나섰을 뿐이지만 나는 호기롭게 2인분을 먼저 주문했다. 원래 이런 음식은 기다릴 때가 아주 괴롭다고. 한 세월 기다리는 건 내가 할 테니 너는 와서 먹기만 해.

속으로 이렇게 핑계를 대며 불을 올렸다. 닭살이 익고 나자 기다릴 수가 없었다. 깻잎 한 장, 무쌈 한 장 해서 갓 익은 닭을 한 점 올려 먹었더니 '와'. 양배추 절임을 올려 먹으니 또 '와'. 애인이 도착했을 때 족히 한 다섯 쌈은 먼저 먹었을 것이었다. 그래, 이 맛이야. 얼었던 적 없는 고기의 맛.

밖에서 사 먹는 고기 요리가 이 정도로 만족스럽기란 쉽지 않다. 누린내가 나거나 과한 양념을 한 음식이 대부분이니까. 오랜 시간 얼었다 녹아 질감이 퍽퍽한 돼지고기로 만든 제육볶음이라든가 입안에서 가루처럼 바스라지는 소고기로 만든 뚝배기불고기 같은 것들로 얼마나 많은 끼니를 때웠던가.

이와 비하면 닭 요리가 대체로 맛있는 건 비교적 값이 싸서 질 좋은 고기를 사용하는 가게가 많기 때문인 것 같다. 또 끊임없이 생겨나는 프랜차이즈들의 '닭 튀기는' 경쟁 덕분인지 최근 몇 년은 어디서 치킨을 시켜 먹어도 대체로 고기의 질이 만족스러웠다. 재료의 신선함은 기본으로 갖추고 온갖 조리법과 새로운 양념을 동원해 맛을 꾸며 경쟁력을 확보하는 모양새였다.

이 '신선한' 닭고기가 만들어진 환경은 신선함과는 대척점에 있다. A4 용지 한 장 크기도 안 되는 닭장에 갇힌 닭들의 모습은 전염병이 크게 돌아 닭이 폐사하거나, 살충제가 사람 먹는 계란에 들어갔다거나 하는 일이 터질 때만 잠깐 뉴스에 나온다. 그 좁은 닭장에서는 닭이 흙목욕으로 벌레를 털어낼 수도, 서로의 털을 쪼아 진드기를 잡아줄 수도 없어서 닭을 키우는 사람은 닭들 위에 살충제를 뿌릴 수밖에 없었다고 했다.

눈이 퀭한 이 닭들과 비교하면, 대매물도에서 본 벼슬이 당당하고 빛깔이 제각각 아름답던, 단단한 발로 산길 곳곳을 쏘다녀 벌레를 쪼던 닭은 꼭 맹금류 같았다. 10년은 거뜬히 살고 길면 30년도 산다는데, 이 짐승을 한 달 만에 잡아 낼름낼름 먹는다니 우리는 무슨 일을 벌이고 있는 걸까.

회사 지하의 새로 생긴 호프집에서 회식을 하던 날이었다. 한참을 기다려 입에 문 치킨이 그야말로 '니 맛도 내 맛도' 없었다. 고기와 튀김옷이 나란히 딱딱한데 빨간 양념도 마늘 양념도 간장 양념도 간이 안 된 버쩍 마른 고기를 구제할 역량이 없어 보였다. 기본 안주로 나온 튀김과자에 맥주를 홀짝일밖에.

다음 날, 혼자 야근을 하게 된 나는 저녁 혼밥의 기회가 생기자 KFC로 향했다. 전날 먹은 맛없는 닭을 설욕하러 원정을 떠난 것이었다. 양념에 푹 절은 닭 두 조각에 코울슬로를 시켰다.

내 몫의 음식을 받아들고 한입의 배합을 설정하는 것은 나의 특기. 고기와 양념, 코울슬로를 적절히 배분해서 마지막 한입까지 딱 만족스럽게 먹었다. 적당한 온기로 배를 채웠으니 들어가 일을 마무리하자. 달구야, 오늘도 이 하루를 내가 너에게 기대 버텼구나.

사무실로 돌아가는 길에 청계천변에서 길고양이와 비둘기들을 만나 한참을 바라보았다. 다들 열심히 살고 있구나. 최선을 다하고 있구나. 종일 털린 영혼이 좀 회복된 느낌이었다. 그때 왈칵, 미안한 감정이 올라왔다.

그럼 달구의 삶은? 고개를 들어 하늘을 봤을 때 빌딩 창마다 환히 불이 켜져 있던 기억이 난다. 멀쩡한 척, 괜찮은 척, 맡은 일을 잘 수행하는 척, 잘 살고 있는 듯 보이는 모두 정말 그런 걸까. 미안하다고 하면 그만인 걸까. 견디는 방식, 견디기 위해 나보다 약한 것을 이용하는 방식, 그러곤 어쩔 수 없다고 말하는 방식으로 살아갈 수밖에 없는 걸까. 여기서 달아나면 겁쟁이가 되는 걸까?

도망치는 게 옳은 거라고, 차라리 겁쟁이가 옳은 거라고 그날 나는 마음을 먹었던 것 같다. '유약하다' '감성적이다' 하는 말들은 우리의 가장 사람다운 어떤 부분을 무디게 해야 한다고, 사람이기에 느낄 수 있는 어떤 것들을 더 이상 느끼지 못하게 되어야 한다고 강요하는 것 같다. 느끼는 대로 받아들이고 그것을 옳다고 말하면 왜 안 되는 거지? 닭이 불쌍하다고 말하면 왜 안 되는 거냐고!

애인과 함께 막국수에 볶음밥까지 먹고 배를 두드렸던 그해 생일 밥상은 지금까지도 좋은 추억으로 남아

있다. 그때 나는 달구를 떠올려 서글퍼질라 치면 '오늘은 생일이니까 그런 생각 하지 말자, 그냥 맛있게 먹자' 선을 긋고 스스로를 다독였다.

그로부터 열흘쯤 지나서 고기를 안 먹기로 결심했다. 맛있게 먹고 미안해하는 오래된 패턴에서 나를 꺼내기로 한 것이다. '에라 모르겠다' 눈 질끈 감는 일을 이제 그만해도 된다니! 경축할 일이어서 그날을 나만의 기념일로 정해두었다.

외롭던 영국 체류 시절 일을 마치고 집으로 돌아갈 때마다 '닭 한 마리 나누어 먹을 사람이 있다면 성공한 인생'이란 생각을 했다. 큰 닭을 사 가서 아끼는 사람들과 푸지게 나눠 먹고 싶었다. 영국에선 마트의 닭이 한국 것보다 몇 배 컸으니 더 그랬을 것이다.

이젠 닭 자리에 다른 걸 넣는 연습을 하고 있다. 수박, 그래 수박이 좋겠다. 그러다보면 다른 채소며 과일도 목록에 오르겠지.

저토록 맛있게 먹은 기억을 회고하며 군침이 돌지 않았는지 누군가는 궁금할 수도 있겠다. 즐겁게 먹은 생각을 하니 기분이 좋아졌지만, 닭을 먹고 싶다는 생각은 들지 않았다. 시간이 좀 흐르니 오히려 저 맛이 다 별것 아니었다는 느낌이 든다. 달구를 달구대로 내버려

두더라도 다른 맛있는 음식이 너무 많기 때문이다. 아직도 닭알은 못 가릴 때가 많지만 머지않아 끊을 수 있을 것 같다.

마당에서 닭목을 잡아 비틀고 가마솥에 담가 털 뽑았다는 어른들의 시대도 다 지나가고 지금 우리는 닭을 컨베이어벨트에 거꾸로 매달아 뎅겅뎅겅 목 베는 시대를 살고 있다. 예로부터 먹던 것이니 잡아먹는 게 자연스러운 것이 아니냐고 누군가 묻는다면, 인류세를 살아가는 인간은 이미 전과 같이 먹고 있지 않으며 전과 같이 먹어야 할 이유도 없다고 답하고 싶다.

꽃게의 저주

애인이 가장 좋아하는 음식은 꽃게와 복숭아다. 여름이 물러가는 냄새가 나자 그는 다시 철이 돌아온다고 기뻐했다. 끝물이나마 복숭아가 장에 나오고 꽃게가 좌판에 놓이기 시작하는 지금이 그에겐 그야말로 '골든크로스'의 계절인 셈이다.

좋아하는 음식을 함께 먹는 것만큼 행복한 게 또 있을까. 제철 과일 먹는 것을 중요하게 생각하는 애인이 내 집을 방문할 때마다 나눠 먹을 열매를 몇 알씩 가져오곤 해서, 언제부턴가 그것을 '입장료'로 부르고 있다. 최근의 입장료는 주로 황도다. 황금빛으로 알맞게 익은 둥그런 열매를 조심스레 잡고 껍질을 살살 벗겨내어 한입 베어 물면 입안에 과즙이 '주륵' 퍼지면서 '내가 전생에 뭘 잘해서 이런 걸 먹지' 싶은 생각이 들고 만다.

애인의 신입사원 시절, 퇴근하고 마트에서 장을 보고 있다 하여 가보면 수산물 코너에서 금방 찾을 수 있었다. 톱밥 상자 앞에 어색한 정장 차림을 하고 서서 셔츠 소매를 걷어붙이곤 손끝으로 게 다리를 집어 올려 허공에 들고 고개를 젖힌 사람이 그였다. 배를 들여다보며 살 많은 수게를 골라내고 있던 것이다.

학생 때 나는 애인이 무엇을 좋아하는지 잘 몰랐

다. 게고 과일이고 먹을 형편이 못됐기 때문이다. 고향 집에 내려가면 가끔 어머니가 쪄주시던 꽃게를 그는 수입이 생기자마자 철마다 챙겨 먹기 시작했다.

애인과 먹기 전까지 나는 꽃게를 먹어본 일이 거의 없었다. 대게는 1년에 한 번 맛볼까 말까 한 것이었고, 설날과 추석 차례상에 올리는 홍게가 그나마 친숙했다. 꽃게는 등딱지 양쪽에 뿔처럼 툭 튀어나온 '곶'이 있어 꽃게, 대게는 다리가 대쪽을 닮았다고 대게. 이런 것들은 애인에게 배운 것이다. 잘 쪄져 스티로폼 박스에 담겨온 게는 빨간색이지만 살았을 때 게의 몸은 붉은빛이 아니라 옅은 잿빛을 띤다는 것도 그가 게를 손질하는 것을 보고 알게 됐다.

주방은 생명이 다가오는 소멸에 저항하다 꺼져가는 것을 똑똑히 목도할 수 있는 공간이다. 버둥버둥 눈알 굴리고 다리 움직이던 게가 찜기 안에서 점차 조용해지는 것을 보면 숙연한 기분이 된다. 형광등 밑에 놓인 게들은 어떤 느낌일까. 바닷속 모든 게 중 뭍에 나와 이런 불운을 겪는 게가 몇 퍼센트나 될까. 이런 생각을 하면 익어 짓물러진 살이 몹시 슬퍼진다.

죄책감의 크기는 산 시절 모습이 보존된 정도에 비례하는 것 같다. 가끔 생각한다. 비틀어진 닭 모가지까지 그대로 구워내는 중국 요리가 야만적인가, 거위를 고문해 얻은 푸아그라를 귤 모양으로 내놓는 영국 요리가 야만적인가. 대개는 전자에 더 쉽게 눈살을 찌푸릴 것이지만, 어쩌면 그 음식이 어디서 왔는지를 똑똑히 인지하고 먹는 편이 더 윤리적인 것은 아닐까.

식탁 위의 음식들이 한때 살고자 하는 의지를 불태우던 생명이었음을 한 번 상기한 후로, 고기뿐 아니라 해산물을 먹을 때도 죄책감이 들지 않은 적이 없었다. 그러나 나도 살아야지, 하는 마음으로 일단 먹기 시작하면 그 풍부한 맛에 압도되어 미안함이 쏙 들어가곤 했다.

나름대로 찾은 타협점이 '기도'였다. '이 돼지를 먹었으니 보람지게 살도록 해보겠습니다.' 밥상 앞에 잠시 눈을 감고 두 손을 모아 속으로 이렇게 말하는 것이다. 신을 믿지 않으니 딱히 가닿을 곳 없지만.

이에 대해 아는 사람은 단 두 명, 동생과 애인이다. 두 사람의 반응은 비슷하게 냉소적이었다. 안 먹으면 안 먹었지, 결국 입에 넣을 거면서 무슨 청승이냐는 것이었다.

나는 그게 조금 섭섭하게 생각되었다. 맛있는 걸 앞에 두고 서글퍼지는 나의 마음을 조금 알아줬으면 싶기도 했다. 고백하건대 한때 애인의 식성을 원망했다. 고기를 끊고 싶지만 애인과 같이 먹을 음식이 없을까 봐, 애인이 실망할까봐 실행에 옮기지 못한다는 옹졸한 생각을 했다. 실은 나도 맛있어서 먹는 거면서, 귀찮아서 실천하지 못하는 것이면서 그 탓을 가장 소중하고 가까운 사람에게 하고 있었던 것이다.

지난해 나는 이런 못난 나와 이제 헤어지자고 결심했다. 어떤 선택을 하더라도 주변 탓을 하지 말자. 단호하게 결정을 내리고 주변 사람들에겐 도와달라고 하자. 먹을 때는 기분 좋게 먹자.

우선 육류부터 끊고 당분간 해산물은 먹기로 했다. 이전처럼 한 번에 모든 것을 끊었다가 '역시 안 되겠어' 이런 나약한 소리를 하며 돌아가고 싶지 않았다. 아끼는 이들과 어우러져 즐길 방편을 마련하면서 천천히 건너가자고 마음먹었다.

이렇게 꽃게는 섭식의 대상 목록에서 살아남았다. 애인이 가장 사랑하는 음식을 당분간은 같이 먹기로 한 것이다.

꽃게는 비싸기도 하거니와, 원체 번거로워 돈이 있어도 먹기가 만만찮은 음식이다. 대게야 살 발라 내주는 곳이 있다지만, 꽃게는 그렇게 내주는 곳이 잘 없다.

내 몫의 꽃게를 앞에 놓고, 각자의 가위로 껍딱과 집게와 싸울 뿐인 것이다. 껍데기 부스러기가 이 사이에 단단히 끼이면 꺼내기도 쉽지 않다. 손에 남는 비린내는 또 어떻고…… 귀족의 음식은 되려야 될 수가 없다.

"피!!!"

평소 같으면 이 소리에 화들짝 놀라 들여다볼 애인도 게를 먹을 때만큼은 절레절레 고개를 흔들며 먹는 데만 집중한다. 꽃게 먹는 데 그쯤은 아무것도 아니란 뜻이다. 애인은 꽃게를 먹다 이를 다친 적도 있다. 혓바닥 끝이 자꾸 까슬까슬한 데에 닿더라니, 거울을 봤을 땐 앞니 끝이 날아가 있었다는 것이다. 그러나 앞으로 절대 껍딱을 이로 상대하지 않겠다고 결심했을 뿐, 게살을 향한 집념은 조금도 덜해지지 않았다.

뾰족한 부분에 쿡 찔린 손에서 피 짜내어가며 먹을밖에 없는 음식이라니. 손이 가는 것을 생각하면 이 음식은 소고기보다 훨씬 비싼 것 같다. 소야 다른 사람의 손을 다 빌려 입에 쏙 넣기만 하면 되는 덩어리로 식탁에 오르지 않느냔 말이다.

‘꽃게 먹자.’

카톡이 오자 나는 긴장한다. 애인이 택배로 게를 주문한 것이다. 벌러덩, 배 드러내고 가지런하게 ‘학살의 방’ 찜기에 누운 게를 상상하다 이내 머리를 휘휘 젓는다. 믿을 수 없이 새하얗고 보드라운 고단백의 살은 애인이 제일 좋아하는 음식이니까. 먹을 거면 기쁘게 먹자고 다짐한다.

전철을 내려 종종걸음으로 집에 도착해 손을 씻는데 애인이 문을 두드린다. 스티로폼 상자와 함께 커다란 찜솥을 가지고 왔다. 나는 불안한 마음을 감추며 넌지시 묻는다. “게는 지금 어떤 상태입니까? 톱밥에 들어 있습니까?” 산 게인지 죽은 게인지부터 확인하는 것이다.

톱밥과 오는 그런 신선한 것은 대량구매가 아니면 얻기 힘들다고 애인이 답한다. 상자를 받아드니 ‘짤랑’, 얼음 소리가 난다. 안심이다.

“가을 첫 게 먹어보자!”

애인이 작업을 시작한다. 택배 상자 뜯고, 찜솥에 물 올리고, 한 마리 한 마리를 열심히 칫솔질해 닦는다.

퇴근 후 지친 몸을 이끌고 게를 찌는 이 열정이 나는 매번 신기하다.

내가 취직했던 해, 부모님에게 게를 대접하려던 날이 생각난다. 아직 경주에 계시던 부모님이 갑자기 서울에 오셨다. 애인과 부모님이 아직 데면데면하던 때다. 맛있는 것을 먹자고 같이 수산시장에 갔다.

"꽃게도 좀 살까."

회 뜨는 것을 기다리며 속삭이는 애인에게 그러자고 했다.

몇 마리 게를 쪄와 두 분 앞에 내밀었는데, 아버지 안색이 영 좋지 않았다. 처음엔 "배가 부르다" 하셨는데 우리가 자꾸 권하자 "꽃게는 찌개에나 넣어 먹지 뭘 쪄 먹느냐" 하시는 것이었다. 애인이 배를 따고 가위로 조각을 내 아버지 앞에 가져다 놓았는데도 끝까지 맛을 보시지 않았다. 대게나 킹크랩과 비교하면 꽃게는 급이 떨어진다고 보시는 듯했다. 그날 게는 우리 둘이서 다 먹었다.

그 후로 꽃게철이 돌아올 때마다 이날의 일을 불러내게 되었다. 먹으면서 '성산동의 최○○ 씨는 이 맛도 모르시고' 하면 왠지 더 맛있는 것이었다.

꽃게를 안 잡숫는 아재는 우리 아버지만은 아닌

듯했다. 어느 날 회식 자리에서 편집국장의 연애 시절 얘기가 나왔다. 인천이 고향인 아내분의 가족들은 꽃게를 사랑했다. 장모님의 가장 자신 있는 요리도 꽃게탕이었다. 문제는 편집국장이 꽃게를 좋아하지 않는다는 점이었다. "처음 뵙던 날 열심히 먹었더니 우리 사위 잘 먹는다고 갈 때마다 꽃게탕을 내놓으시는데……"

"그럼 대게는요?" 내가 잽싸게 물었다. "그건 좋아하지."

성산동의 최○○ 씨 말고도 대게만 잡숫는 분이 계신다며, 이 이야기를 나는 애인에게 냉큼 일러바쳤다. 다만 이 어른은, 자기가 싫어하면서도 꽃게를 좋아하는 아내를 위해 게살을 직접 발라주곤 했다는 것이었다. 정작 본인은 그 일을 완전히 잊었는데, 아내분이 똑똑히 기억하고 얘기해준 것이라고 했다.

"꽃게가 먹기 아주 귀찮잖아. 살을 싹 발라드리면 다들 드실걸? 우리 아버지도 그래." 애인은 이렇게 말하며 찜기 뚜껑을 덮고는 타이머를 10분으로 맞춰달라고 부탁한다.

벌써 아홉 시다. 알람을 설정하고 나는 잠시 침대에 가 벌러덩, 배를 위로 하고 눕는다. 이대로 잠에 빠질 것 같다. 곧 애인이 옆에 와 나와 비슷한 모양으로 눕는다. 천장만 바라보며 둘 다 한동안 말이 없었다.

침묵을 깬 것은 애인이다.

“숨 들이켜봐. 맡아봐. 아~ 바다 냄새!”

이 말에 나도 같이 ‘킁킁’ 한다. 주방에 나가보니 게는 찜기 안에서 바알갛게 변해 있다.

게를 찌는 동안에 한바탕 소나기가 왔다. 창가의 식탁에 쏟아진 물을 닦아내고 게 먹을 준비를 한다.

“진짜 뭘 잘했다고 이런 걸 먹지, 싶은 맛이야.”

애인이 잘라준 토막을 건네받아 흰 게살을 한입 가득 베어 물며 내가 말을 한다.

“왜, 우리가 열심히 일해서 먹는 건데 이 정도야 할 수 있지.”

“아니, 이 시대에 태어나서 여기 살고 있지 않다면 맛도 못 봤을 수 있잖아.”

“그렇지. 혹시 우리 나중엔 게맛 양갱 같은 거나 먹게 되는 건가?”

“바닷것들도 씨가 마르고 있다던데, 자연이 내어주지 않으면 그럴 수도 있지.”

게살을 씹으면서 이런 말들을 주고받는다. 참기름에 밥까지 비벼 맛있게 먹고 배를 둥둥 두드리며 나는 ‘아, 역시 마른 몸으로 살아가지는 못할 거야’ 하고 생

각한다.

먹고 나서 껍딱을 치우는 것 정도는 나의 몫이다. 양푼 한가득 나온 껍딱을 종이에 싸고 또 싸도 그놈의 '곶'이 톡톡 튀어나온다. 쓰레기 수거하는 분의 손을 찌르지 않도록 둘둘 잘 싸매야 한다.

찜기며 그릇을 닦아내며 한바탕 설거지를 하고 나니 비는 온데간데없고 풀벌레 소리만 요란하다. 유난히 습하던 올여름도 끝물이라 공기가 선선하다. 애인은 편찮으신 외할머니에게 게나 좀 보내야겠다고 한다. 할머니는 이 맛을 알아주시는 분이라고.

문어

스물일곱에 들어간 두 번째 직장은 여의도에 있었다. 학생 때 맛보지 못한 온갖 맛난 음식이 이곳 식당가에 모여 있어 회식 때마다 눈이 휘둥그레졌다.

어복쟁반은 생전 처음 접한 놀라운 음식이었다. 커다란 놋쟁반 위에 이 세상 풍요가 다 담긴 느낌이라고나 할까. 여러 부위의 소고기를 얇게 썰어 올리고 도가니와 쑥갓을 풍성하게 올려 맑은 육수를 부어 끓인 것이 딱 내 스타일이었다.

이보다 더 놀라운 음식이 있었으니 이름이 해신탕이라고 했다. 닭을 푹 고아 그 위에 싱싱한 전복과 조개를 쫙 깔고 마지막으로 문어 한 마리를 통으로 올려주는 것이었다. 문어를 실컷 먹을 수 있다니! 밑에 깔린 닭은 눈에 들어오지도 않았다.

음식만큼이나 놀라운 게 언니들의 손놀림이었다. 큰 냄비에 가스불을 붙여놓고 방에 앉아 있으면 언니들이 먼저 전복을 싹싹 썰어 한입에 쏙쏙 들어가게 해주고 우리가 그것을 먹는 동안에 문어를 슥슥 잘라주었다. 이 모든 것을 낼름낼름 받아먹는 자리에 내가 앉아 있는 것이 좀 어색하게 느껴졌다.

이즈음 '아재 음식'이란 말이 유행했다. 나는 의아했다. 맛있는 건 아재들 거란 뜻인가? 여의도 식당가를 다녀보니 '맞네' 싶었다. '자네들은 이런 거 안 먹지, 허허' 하면서 맛난 건 자기들만 먹고 다녔구나. 자원이란 자원은 아재들에게 다 몰려 있었으니 그럴 법도 하다. 나가서 대접받는 건 아재들, 음식을 만들어 나르고 허리 숙여 굽고 자르고 끓이고 뜨는 건 언니들.

신입사원이던 이 시기는 내게 술을 많이 마신 시절로 기억되어 있다. 저녁 자리에 나가면 일행 중 20대 여성은 나뿐인 날이 많았다. 생각을 밝히기보단 맞장구를 치고, 기호를 내세우기보단 어른들 의중을 넘겨짚어 묻어가는 편이 좋았다. 시간 빨리 보내는 덴 여하튼, 술이 최고지.

긴장 속에 업무를 마치고 허기진 상태로 팔팔 끓는 솥 앞에 앉아 행주로 손을 닦고 나면, 자, 영혼은 빼놓고 마시는 시간이다!

앉자마자 다 같이 소주와 맥주를 섞어 말아 넘기고, 말아 넘기고, 하하하 웃으면서 나는 자꾸 냄비를 곁눈질하게 되었다. 꿈틀꿈틀 몸을 비틀고 있는 문어는 고통스럽게 죽어가고 있는 게 틀림없다. 눈가가 촉촉해져 잠시 냄비를 바라보다가 모른 척 술을 마시고, 또 한 모금 마시고, 그러다보면 어느새 밝게 웃으며 문어 살을 맛나게 씹는 나로 돌아와 있었다.

어느 날 한 번은 술을 마시다 말고 화장실에 가서 엉엉 울어버렸다. 나와서는 아무렇지 않은 듯 다시 자리에 앉았다. 닭과 전복, 문어가 우러난 시원한 국물을 몇 번 들이켜고 나니 서러운 마음이 좀 내려가는 듯도 했다.

하지만 진짜로 내려간 건 아니어서, 밤늦은 퇴근길에 이따금 주룩 눈물이 나곤 했다. 내가 찾던 그 모든 것은 어디로 가고, 나는 이렇게 대충 맞춰가는 회사원이 되어버렸지? 얼마 못 가 나는 이 직장을 떠나기로 결심하게 되었다.

문어는 아버지가 무척 좋아하는 음식이기도 하다. 생신 때 뭘 살까 고민하는 나에게 동생은 몇 번이나 "문어를 사면 된다" 말을 했다는데 나는 이를 흘려듣기만 하고 사본 일이 없었다.

몇 해 전 어느 날 아버지가 경주에 내려갔다가 문어를 사 오셨다. 서울로 반쯤 이주한 후에도 아버지는 종종 경주에서 장을 봤다. 물자야 서울이 흔하지 않겠느냐 말씀을 드려도 익숙한 데가 편하신 눈치였다.

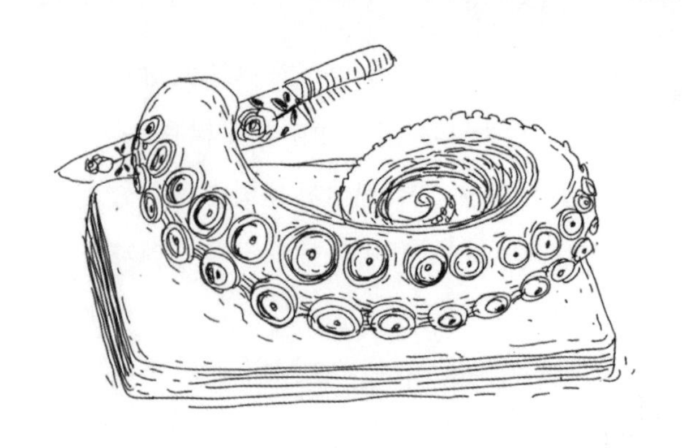

문어를 썰어 초간장과 내놓으시는데 뭔가 이상했다. 하얀 살은 보이지 않고 붉은색 껍데기만 잔뜩 있었다. 이 껍데기는 씹어도 씹어도 물컹거리며 이 사이로 빠져나가 조금도 더 물러지지 않았다. 종국에는 뱉거나 꿀꺽 삼키거나 둘 중 하나였다.

우리 집 형편이야 지금이 최고로 넉넉하지마는, 이런 때면 어느 것 하나 상등품은 탐내지 못하는 우리 살림이 초라하게 여겨지는 것이었다. 조골조골한 문어의 피부가 아버지의 늙어감과 나란한 것 같기도 했다.

서글픈 기분에 젖어 들던 나는 곧 정신을 차렸다. 거처 있고 따박따박 월급 받는 사람이 고작 문어 앞에 무너지면 어쩌란 말인가. 그즈음 경주에 있는 엄마가 전화를 걸어 끼니의 안부를 묻자 "문어도 있고 황제밥상이지" 하고 답을 했던 것 같다.

이듬해 설날은 온 식구가 서울에서 보냈다. 엄마와 아버지가 경주에서 제숫거리를 장 봐서 차에 실어 서울에 올라오셨다. 일을 마치고 집에 가니 엄마가 "문어 먹자!" 했다. 이번에는 제대로였다. 생신 때 동생이 드린 돈으로 아버지가 커다란 문어 다리를 샀다고 했다.

부엌에 들어서자 엄마가 왼쪽 팔을 척 들어올리더니, 겨드랑이 쪽으로 축 처진 옷을 오른 손날로 베어내는 시늉을 했다. "문어 다리는 이렇게 손질해야 된단다." 동생이 유튜브를 찾아보고 알려줬다고 했다.

잘라낸 껍데기를 보니 일전에 아버지가 사 오신 문어, 딱 그 꼴이었다. "남들 버리는 것을 상에 올렸는데 문어도 있으니 황제밥상이라고 하고!" 엄마는 나를 보고 몇 번이나 이렇게 말하며 깔깔깔 웃었다.

TV를 켜면 봉준호 감독의 〈기생충〉 얘기로 떠들썩했다. 설 연휴 직전에 아카데미 영화제에서 상을 네 개나 받은 터였다. 평소 영화에 흥미가 없는 엄마와 아버지가 이례적인 관심을 보이자 동생이 재빨리 표를 예매했다. 아직 영화를 보지 않았지만 '가정부'가 나온다는 것 정도는 알고 있던 나는 조금 마음이 쓰였다. 엄마가 마음을 다칠까 싶었던 것이다.

엄마는 연휴 직전까지도 가사 도우미로 여러 집에

서 일을 하고 있었다. 아버지는 4년 전 가게를 접고 은퇴를 선언했지만, 엄마는 일을 놓지 못했다. 사람은 일을 해야 된다, 집에만 있으면 심심하다 하면서 혼자 경주에 남는 쪽을 택했다. 최근 1년은 금요일 밤마다 서울에 올라왔다가 일요일 늦은 오후 버스를 잡아타고 내려가는 생활을 이어가고 있었다. 차비를 아낀다고 버스도 우등 아닌 일반만 고집했다. 코로나19가 확산하고 집집을 방문하는 일을 서로 꺼리게 되자 엄마는 일을 지속할 수 있을지 알 수 없는 상태로 서울에 오게 된 것이었다.

집 근처 상영관에서 네 식구가 마스크를 끼고 나란히 앉아 영화를 보았다. 몇몇 장면에서 껄껄 웃던 엄마는 영화관을 빠져나오며 연신 "대단하다" 하더니 내 옆에 다가와 작은 목소리로 이렇게 물었다. "우리는 저만큼 못살진 않제?" 반지하의 기택네를 두고 하는 소리였다. "엄마, 좀!" 엄마는 멋쩍은 표정을 하고 내게서 멀어지면서 "자, 이제 우리는 빌라 4층으로 가자~!" 하고는, "우리 식구 내일부터 마카(모두) 다 백수다!" 외치고 또 껄껄껄 웃는 것이었다. 나의 철없는 서글픔은 엄마 웃음에 다 털려나갔다. 그날 집에 가서 나는 지름이 넓은 문어 다리의 흰 살을 참기름에 찍어 오독오독 실컷 먹었다.

넷플릭스 다큐 〈나의 문어 선생님〉을 재생하기 전 예감할 수 있었다. 며칠 전 A와 맛있게 먹은 짬뽕의 문어가 아무래도 인생 마지막 문어가 될 것 같구나.

문어의 지능이 무척 높다는 것은 전부터 들어 알고 있었는데, 다큐를 보고 나니 그가 정말 달리 보였다. '문어'라는 말이 더 이상 '맛있겠다'와 연결되지 않았다. 그 말은 이제 긴 발 뻗어 힘차게 물을 뚫고 갈 길 가는 그, 인간이 궁금해 다리 뻗어오는 그, 기지를 발휘해 상어와의 싸움에서 압승을 거두고 탈출하는 그와 연결되

었다. 물고기와 놀다가 촉수를 뻗어 인간을 탐구하는 그는 실로 '교감하는' 존재이다. 상어에게 뜯어 먹힌 그의 다리가 아주 조그맣게 다시 자라날 때 손뼉 치며 기뻐하고 회복을 간절히 기원하던 나는, 이제 그 다리를 먹을 것으로 보지 않기로 한다. 바닷속에서 보자기 마냥 펼쳐져 가재며 게를 덮치던 문어의 몸이 데쳐져 냄비 안에 벌러덩 뒤집어진 것을 보는 것은 얼마나 슬픈 일인가.

다큐에서 본 것들에 대해 얘기하자 동생이 말한다. "너님, 이제 문어도 못 먹겠네." 내가 어깨를 으쓱하자 이렇게 덧붙인다. "성님, 어차피 문어는 귀하잖아요. 잔칫날 한 번씩 먹을까 말까 한데."

호화롭던 여의도 시절이 아주 잠깐 머릿속을 스쳐갔고, 나는 조용히 고개를 끄덕였다.

오랜 시간 나는 '개는 당신의 친구인데 어떻게 먹을 수가 있느냐'는 질문을 한심하게 생각했다. 개나 돼지나 소나 다 똑같이 살고 싶어 하는 존재인데, 한쪽은 귀여운 걸로, 다른 한쪽은 먹을 걸로 나누고 유리한 것만 취하겠다는 인간의 이중성이 미웠던 것 같다.

지금은 생각을 바꾸었다. 그 어떤 동물도 제대로 알지 못하면서, 모든 동물을 한 덩어리로 묶어 이용의 대상으로만 취급하고, 그것을 공평한 일이라고 여긴 것이 부끄럽다.

우리는 피식자와 포식자라는 이분법, 생존경쟁, 적자생존 같은 말들에 너무 익숙한 나머지 이 생태계 안에서의 무궁무진한 가능성은 곧잘 잊어버린다.

문어는 언제나 바닷속에 있었고 그를 본 사람도 많았지만, 먹을 것으로 여기지 않고 자세히 본 이만이 그가 어떤 존재인지를 알았다. 나 역시 이제부터라도 수많은 관계의 가능성을 열어둔 채 살아가고 싶다.

지능이 높은지, 인간과의 교감이 가능한지가 먹을 것과 먹지 않을 것을 나누는 기준이라고 말하려는 것은 아니다. 관계의 재정립은 인간이 다른 종의 동물들이란 어떤 가능성을 가진 존재인지 제대로 알지 못했으며 알려고 하지도 않았다는 것을 인정하는 데서 출발해야 할 것 같다. 친구가 되는 것까지는 상상할 수 없다 하더라도 고통을 짐작이라도 할 수 있는 것이면 일단 무지막지한 고문으로부터 구출해내는 게 옳은 것 같다. 문어와 낙지, 쭈꾸미를 산 채로 끓는 물에 넣는 일을 제발 그만했으면 좋겠다. 일부 국가에서는 이미 법으로 금지하는 일들이다.

인간과 짐승

나는 내가 동물이 아니라고 생각해본 적이 단 한 번도 없다.

사람들은 자주 인간과 동물을 구분한다. 인간도 동물이라는 큰 범주 안에 속해 있다는 것을 완전히 잊은 듯이. 데카르트라는 사람은 심지어 "동물은 기계와 같다"고 했단다. 그들도 아프면 울부짖지 않느냐 하니 "그것은 시계가 째깍째깍 소리를 내는 것과 다름없다" 답했다고 한다.

나는 동물답게 살고 싶다. 살아보니 가장 좋은 순간들은 짐승의 순간임을 알게 된다. 목적 없이 그냥 좋은 순간들. 살 맞대 부대끼고, 볕 받고, 천천히 맛있는 것 씹어 삼켜 배를 채우고, 걱정 없이 노곤하게 잠에 빠질 때. 망할 놈의 이성으로 누구와 물고 뜯고 싸워 이겨 밟고 올라서려고 난리 칠 때 말고. 인간만이 가졌다는 그놈의 이성, 이성 나부랭이를 쓰는 것은 하나의 특성일 뿐 자랑할 일인지 모르겠다.

동물과 인간을 애써 구분하기 위해 사람들은 차이점을 찾으려고 애쓴다. 다른 동물들은 지능이 인간만큼 발달하지 않았으니 고통도 없을 것이라고 억지를 부려가면서. 나는 늘 궁금했다. 왜 어떤 능력이 있어 무엇을 할 수 있는지만 얘기하고, 가장 좋은 순간들에 대해서는 얘기하지 않지?

짐승들도 놀며 기뻐할 줄 안다. 염소들이 서로 장난치는 영상을 본 적 있는가. 문어가 다른 물고기들에게 장난을 거는 모습은 또 어떤가. 어미 고양이와 새끼들이 서로 부대껴 잠잘 때 털에 싸인 몸통이 위아래로 천천히 규칙적으로 움직이는 그 평화는 또 어떤가. 이 중에 어떤 모습이 인간과 그리 크게 다른가. 다르다면 인간이 그 모습을 상실했기 때문일 것이다.

밥상에 오른 무엇과 나, 그리고 나의 소중한 사람을 동일시하는 버릇을 어떻게 해야 할까. 바보 같은 일이니 그만하라고 말한들 소용 있을까.

진정 사랑하고 아끼는 사람이 나는 한 마리 동물처럼 보이곤 한다. 엄마와 동생이 부대껴 잠든 모습을 보면 정말 행복하다. 그 행복을 느낄 때마다, 두 사람 모습 위에 어디서 본 개, 돼지, 소의 모습이 겹쳐져 보인다.

음식에 든 그 어떤 고깃덩이도 한때는 생명이었음을 인지한 후로 그렇게 된 것 같다. 눈, 뼈, 관절, 살 같은 것들이 이토록 유사한데, 살려두면 함께 이리 오래도록 즐거울 것을 꼭 죽여야 한단 말인가. 잡아먹는 것은 한순간이다. 혀끝의 즐거움을 위해 생명을 박탈하고 나면, 더 이상 그 모든 순간을 누릴 수 없게 된다니. 더욱 견디기 힘든 것은 이중성이다. 한우의 상품성을 자랑하기 위해 어미 소와 아기 소 모형을 만들어놓고 아이들이 쓰다듬게 하는 것은 못할 짓이다. 그건 해서는 안 되는 일이다. 그럴 거면 지금처럼 축사에서 착취당하고 생이별하고 도살장에서 무참히 죽도록 해서는 안 되는 것이다.

나는 닭을 먹을 때마다 나란히 누워 내 목을 받쳐주던 애인의 팔이 생각났다. 하얀 살가죽과 그 밑으로 만져지는 팔꿈치 뼈가 연한 닭 날개와 너무 비슷했다. 마주 보고 앉아 닭을 뜯는 와중에 그 생각을 하노라면 좀 기이한 느낌이 들었다. 닭 뼈를 해체하고 물렁뼈를 씹어 먹으면서 나는 거대한 식인종이 내 애인의 팔을 먹는다면 이런 맛일까 생각해본 적도 있다.

집에서 닭을 장만할 때는 말랑한 살과 껍질의 감각이 너무나 사람과 비슷해 깜짝깜짝 놀라곤 했다. 삼계탕을 끓이려고 닭을 씻을 때 몸통에 딱 붙은 날개를 벌려 '겨드랑이'를 슥슥 닦아내고 있노라면 닭 몸통이 어린 아기의 그것에서 그리 멀지 않아 보였다. 삼계탕용 닭은 완전 병아리라던데, 날개 한 번 푸드덕거려 보긴 했을까.

동생은 돼지를 떠올리게 한다. 서른이 다 되어가는 성인에게 쓰기 좀 민망한 표현이지만, 옆으로 누워 쌔근쌔근 잠자고 있을 때 특히 그렇다. 도톰한 살가죽과 뽀얀 살, 그 위에 난 솜털 같은 것들이 숨결에 따라 오르락내리락 하는 모습이 영락없는 돼지다. 나는 그 모습이 몹시 사랑스럽다고 생각해서 기회만 나면 몰래 물끄러미 바라보곤 한다.

물에 사는 것들도 마찬가지다. 생선이 말을 걸어오는 것 같을 때가 있다. 한 번은 식탁에서 고등어와 이런 대화를 했다.

나:
자네 무엇을 보았능가
나는 한번 가본 적도 없는 시커먼 바다 밑에서

고등어:
검지 않았지 푸르고 맑았지
너는 모르지
퀭한 눈에 지금은 백열전구뿐이라도

시퍼런 고등어는 가끔 안쓰러워 견딜 수가 없다. 절반 턱 하고 갈라져 머리와 내장 없이 속살만 내놓은 것은 그나마 모른 척을 하겠는데, 어물전 매대에 생물로 누워 있는 것을 보면 '야, 니가 왜 이래 됐노' 소리가 절로 나온다. 아직 맑고 투명하던 눈이 프라이팬 위에서 익어 허옇게 되어버린 것을 보면 통곡하고 싶은 지경이 된다. 야, 니가 왜 이래 됐노……

이런 생각을 하고도 생선 살을 후벼파 입에 넣을 수 있는 모순적인 존재가 바로 나다. 폴 매카트니는 "도살장 벽이 유리로 되어 있다면 모두가 채식주의자가 될 것"이라고 했다는데, 절반만 맞는 말 같다. 잔혹한 실상을 모르는 사람이 많으니 알려나가야 마땅하겠지만 우리들 인간이란 그 실상을 알고도 눈앞의 귀찮음, 게으름, 즐거움에 쉽게 굴복하는 존재임을 나는 안다.

빨리 물고기도 놓아주고 싶어라. 고기에 더해 생선 살까지 안 먹어도 먹을 게 충분하면 좋겠다. 생활권에 비건 옵션을 제공하는 레스토랑과 카페가 많았으면 좋겠다. 채소와 콩, 뿌리, 해초를 두루 쓴 비건 요리가, 샐러드 말고, 작은 반찬 말고, 구이, 찜, 찌개, 전골 따위로 푸짐하게 상에 올라오면 좋겠다.

집에 손님이 오면 고기 못 구워주는 대신 생선회

라도 대접하고 싶은 마음이 불쑥불쑥 들지만 그것 말고 맛있는 게 많다는 것을 나부터 잊지 않으려고 한다. 새해에는 내 주방에서 비건 요리를 많이 해보고 익히는 게 목표다. 잡아먹으면서 행복을 바라는 게 어색해서 냉담하게 가둬두었던 나의 마음을 이제 좀 풀어놓고 싶다. 인간 아닌 동물도 마음껏 사랑하고 싶다.

상상 속에서 나는 자주 사람의 토막난 몸뚱아리를 식탁 위에 놓아본다. 때로 그것은 내 몸, 주로 토르소다. '육감적'이라고 불리는 여성의 신체, 펄떡이는 주체성은 삭제되고 완전히 대상화된 여성의 신체는 고기와 너무 닮았다. 이용당하는 몸, 즐길 거리가 되는 몸, 고깃덩어리 같은, 몸.

나는 분노에 차서 젖과 알, 고기를 빨리 많이 뽑겠다고 갖은 고문과 학살을 자행하면서까지 정말 먹어야 하겠느냐고 나에게, 인간에게 묻는다. 이 '이성적' 분노를 가지고도 고기를 먹어온 세월이 너무나 길어 곧 나의 자격을 반성한다.

나는 짐승들에게 절대로 용서받을 수 없을 것이다. 그래도 살아 있는 한은 포기하지 말아야지. 뱉은 말을 책임지기 위해 계속 말해야지. 기쁠 때 많이 기뻐하고 절망이 찾아올 땐 그것도 그것대로 견뎌내야지. 그

것이 죄책감으로부터 나를 구해내고, 진정 짐승답게 살게 해줄 유일한 방법이니까. 때로 주변과 불화하겠지만, 종국에 우리는 같이 살아갈 방법을 찾아낼 것이라고 믿으면서.

모기 가루 학교와 뒤주의 공포

나는 딱히 내가 동물을 좋아한다고 생각해본 적이 없다. 대체로 무심한 편이었다. 귀여운 모습을 보면 기분이 좋지만 동물과 소통해본 경험은 거의 없다. 하우스메이트의 고양이들과 같이 살 때도 서로 본체만체했다. 고양이들도 나도 비슷하게 그렇게 했던 것 같다.

나는 어떻게 동물의 고통에 관심을 가지게 되었을까. 아무래도 이제껏 다른 사람들에게 꺼내본 일 없는 내밀한 경험들과 연관이 있을 거라는 생각이 든다. 현실보다 더 생생하던 그 꿈에서부터 이야기를 시작해야 할 것 같다.

꿈속에서 나는 다른 어린이들과 함께 긴 줄에 서 있다. 골목을 몇 번 돌고 돌아도 끝이 보이지 않는 그런 줄이다. 이따금 몇몇이 고개를 내밀어 앞에서 무슨 일이 벌어지는지 확인하려 하지만 성과가 있는 것 같지는 않다.

이 긴 줄은 학교 정문에 입장하기 위한 것이다. 입학식을 위한 것인지, 아니면 졸업식을 위한 것인지 명확하지 않다. 어차피 줄이 너무 길어 우리들 차례가 오려면 학교를 다 다니고 졸업할 만큼 긴 시간이 필요한 느낌이다.

어떤 이가 내게 말을 걸어온다. 나는 초등학교 입

학 때 실제로 그랬던 것처럼 아주 작은 어린이다. 무성의하게 대충 자른 것 같은 단발머리를 한 이 친구는 내 또래인데도 덩치가 아주 크다.

우리는 잠시 대오에서 이탈해 셔터가 내려진 어느 가게 앞 인도에 쪼그려 앉는다. 이 친구는 나보다 많은 것을 아는 것 같다. 거리를 두고 나란히 앉은 우리는 앞을 바라보며 이야기를 나눈다. 아마 친구의 말이었을 것이다.

"우리는 모두 '모기 가루'가 되기 위해 학교에 다니는 거야."

순간 모든 것이 명백해진다.

학교에는 레미콘 혹은 사일로를 연상케 하는 거대한 분쇄기가 있다. 이 학교에 입학하는 모든 학생은 졸업식 날 이 기계에서 가루가 된다. 곤충을 말려 갈아버릴 때와 비슷해서 '모기 가루'라고 부른다. 그래서 이 학교의 이름은 '모기 가루 학교'다.

이것은 감춰진 진실이 아니라 알려진 진실이다. 졸업 의식은 슬픈 일이 아니다. 부모들이 영광으로 여기기 때문이다.

그와 나는 담배를 태우지 않지만 분위기는 꼭 우리가 허공에 한 줄씩 연기라도 내뿜고 있는 것 같다. 나는 커다란 분쇄기와 곧 끝나게 될 나의 짧은 삶을 생각했다.

눈물이 흘렀던가. 기억이 나지 않는다. 귀신, 살인마 혹은 군인에게 쫓기다가 치명상을 입고 죽게 되면 잠에서 깼을 땐 꼭 방금 전까지 진짜로 심장이 헐떡거렸던 것만 같고 볼에 눈물 흔적이 있었다. 이날의 꿈은 달랐다. 도망칠 생각 같은 것은 하지 못하고 그저 한숨만 쉬었던 것 같다.

그 갑갑함을 함께 나누었던 친구는 꿈에서 본 연인과도 같아서, 어색한 교복을 입고 중학교에 입학했을 때 나는 머릿속에 희미한 그 친구의 상에 견주어 누가 내 친구가 될지를 가늠해보았다. 지금 와서 생각해보니 그랬던 것 같다.

다른 하나는 '뒤주'에 대한 기억이다.

내가 초등학생이던 90년대에 사극이 크게 유행했다. 조선시대를 배경으로 왕위 계승을 둘러싸고 벌어지는 음모와 싸움을 자극적으로 그린 것들이었다.

눈길을 끄는 것은 역시 고문 장면들이었다. 왕을

배신하고 세력을 형성하는 신하들을 벌하는 장면들. 횃불이 활활 타오르는 마당으로 상투 튼 남자들이 줄줄이 끌려오면 형틀에 묶어 주리를 틀고 달군 쇠로 발바닥을 지지고 무릎에 돌을 올려 망치 같은 것으로 쳐댔다. 보고 있으면 찌릿한 느낌이 들었다. 오금이 저리고 손에 땀이 나는데도 입에 고인 침을 삼키며 자꾸자꾸 보게 되었다.

다른 모든 고문은 어쩐지 달콤한 데가 있었는데 사도세자의 뒤주만큼은 그렇지가 않았다. '아버지가 아들을 가두어 죽였다'는 서사에 충격을 받은 탓도 있었겠지만, 일상에서 상상하기 쉬운 일이어서였던 듯도 하다.

가두어져 죽다니. 다리를 펴지 못하는 공간에 몸이 놓일 때마다 그것은 어떤 고통일까 상상하게 되었다. 한동안은 안방에 놓인 머릿장도 쳐다보기 싫었다.

수학여행으로 독립기념관에 갔더니 고문 도구가 전시되어 있었다. 세워진 관짝 같은 좁은 공간에 사람을 가두어두기도 했다고. 두려움과 호기심, 어딘가 간질간질해오는 느낌 따위로 뒤범벅이 되어 어안이벙벙했다.

좀 더 자라 집을 떠나게 되자 이런 것들을 더 이상

즐길 수 없어 피하게 되는 시점이 찾아왔다. 끔찍한 일이 먼 과거의 일이거나 상상 속에만 존재하는 것이 아니라 내 곁에 실재한다는 것을 알아버리고 만 것이다.

대학에 입학한 바로 그해, 기숙사 근처 하숙집에서 입학을 앞둔 여성이 강간 살해되는 사건이 발생했다. 대학가의 원룸에 사는 동안 잊을 만하면 전국 곳곳에서 비슷한 소식이 전해져왔다.

이듬해 겨울 〈세븐 데이즈〉라는 한국 영화가 개봉했다. 별생각 없이 이 영화를 보러 갔던 나는 영화가 끝나고 건물을 빠져나오자마자 그 자리에 주저앉아 오열하고 말았다. 쌓인 긴장을 꺽꺽 울어 털어낼 수밖에 없었다.

나처럼 혼자 사는 20대 여성의 운명이란 저런 것이라고 영화가 내게 말하는 것 같았다. 지금까지 살아 있는 것은, 운이 좋아서구나. 얼굴도 나오지 않는 그 여자 배우의 자리에 나를 놓아보지 않을 방법이 없었다.

여성이 주거지에 침입한 남성으로부터 도망치다 살해당하는 장면을 영화는 꽤 길게 담아냈다. 샤워실에서 나와 피 흘리며 기어 도망치는 여성의 신체를 카메라가 집요하게 좇았다.

이 시선으로 담아낸 장면은 오로지 가해자의 자리

에 나를 놓을 때만 즐길 수 있을 무엇이었다. 피해자의 입장에 나를 놓게 되면 끔찍하고 비참한 일일 뿐이다.

뒤주에 대한 공포는 시간이 흘러 몸을 돌리지 못하도록 틀에 가두어진 돼지, 수족관 바닥에 첩첩이 쌓인 광어, 마스카라 생체실험을 위해 얼굴만 내놓은 채 기계 속에 갇힌 토끼의 이미지와 연결되었다. 나는 자꾸만 동물의 자리에 나를 놓아보게 되었고, 이 모든 일이 과연 윤리적인가 묻지 않을 수 없었다.

수산시장에 갈 때마다 이 세계가 어마어마한 고통으로 채워진 것을 본다. 어쩌면 저 자리에 내가 있을 수도 있었던 것 아닐까? 나는 어쩌다 사람으로 나서 이 모든 고통을 피하고 있구나. 도살장은 여지껏 볼 기회가 없었지만 그곳을 겪은 사람들의 경험을 접하면 이렇게까지 해서 먹어야겠느냐는 생각이 머리에서 떠나지 않는다. 그 장면들은 멀고, 식탁은 가까울 뿐이다.

'맛있게' 토막 쳐진 음식이 가끔 아주 기이하게 보였던 데는 어린 시절 마주친 근원적 공포가 영향을 미친 게 아닌가 하고 생각해본다. 모두가 알지만 문제는 삼지 않던 모기 가루 학교의 비밀처럼 식탁 위에도 익히 알려진 진실이 널브러져 있다. 지금껏 나는 꿈속의 친구를 찾듯이 이 얘기를 나눌 사람들을 찾고 있었던 것 같기도 하다.

반야심경

엄마는 자칭 '나이롱 불자'다. 철마다 몇 군데 절에 연등을 달고 내가 수능을 치던 해에는 백중기도까지 나갔으나 신앙 생활에 진정 열성적인 적은 없었다. 절에 가는 날에는 목욕재계를 하고 살생의 결과물은 피해야 한다고 말하지만 매번 '아차, 먹어버렸네' 하는 식이다. 요즘은 금강경을 읽어보겠다며 누런 책을 자꾸 얼굴에 덮고 잔다.

나는 고집 센 어린이였던 것 같다. 주변에 교회에 가자고 설득하는 사람이 많았는데 단 한 번도 가지 않았다. 엄마를 통해 먼저 만난 부처를 배반할 수 없었다고 할까? 사실 부처를 거의 알지 못하지만.

친구들은 하나님을 안 믿으면 지옥에 간다고 했다. 지옥은 무서웠다. 2000년이 되기 전에 지구가 멸망한다는 내용의 '가짜 뉴스'가 가득 담긴 책을 본 적이 있어서 더 그랬다. 불지옥이 펼쳐질 거라고 했다.

나는 내가 어떻게 죽게 될지 상상해보았다. 땅이 쩍 하고 갈라지면서 그 안으로 꺼지게 될까? 불덩어리가 떨어져 집이 활활 타오를까? 사방이 아비규환인 모습을 그려보았다. 엄마는 나를 구하려고 할 거야. 이 생각에 이르면 눈물이 차오르곤 했는데, 희한하게 앞집도, 윗집도, 아랫집도 다 같이 이 일을 겪는다고 생각하면 위안이 되었다. 나 혼자 죽는 건 안 되고 같이 죽으면 괜찮다니.

이 마음보다 더 희한하게 여겨졌던 것이 하나님 마음이다. 이런 불지옥이 펼쳐지면 '교회에 나가는' 사람만 구해준다고? 무슨 그런 논리가 있단 말인가.

어느 날 작심을 하고 하나님에게 메시지를 보냈다. 장소로는 베란다로 나가는 큰 창 앞을 택했다. 아마 그분 계신 하늘 쪽을 보고 얘기해야 한다고 생각했던 모양이다. 하나님, 거기 계신가요? 저는 교회에는 나가지 않기로 결심했어요. 하나님이 좋은 분이라면 제가 절에 나간다고 미워하지는 않으시겠죠?

물론 답을 주시지는 않았지만, 그날부터 지옥에 떨어질 거란 공포가 좀 덜해졌다.

그러면서도 친구들에게 주말에 갈 데가 있다는 게 부러웠다. 불국사에 일요일 어린이법회가 있다는 걸 알게 되자 한동안 거기에 나갔다. 법가도 부르고 스님 말씀도 듣고 초코파이도 먹었다.

반야심경은 외지 못했다. 끈기가 없어 "색즉시공 공즉시색"에서 더 나아가지 못했고 아직도 딱 여기까지만 안다.

하지만 "나무아미타불 관세음보살"은 자주 왼다.

이건 만화에서 배운 것이다. 〈날아라 슈퍼보드〉에서 삼장법사는 손오공, 저팔계, 사오정과 힘을 합쳐 요괴를 때려잡고 나면 그 사체 앞에 서서 목탁을 두드리며 저 구절을 외고 이렇게 덧붙인다. "다시 태어나면 나쁜 짓 하지 말고 좋은 일을 하거라."

나는 모기를 잡을 때마다 두 손을 모아 잠시 눈을 감고 "나무아미타불 관세음보살" 한다. 하지만 다음 세상에 좋은 일을 하라고는 못하겠다. 내 생각에 그는 이번 생에도 최선을 다한 것 같다. 먹고살기 위해 사람 냄새를 찾아 나서고 몰래 붙어 피 좀 얻어 소화를 시키다가 움직임이 느려져 그만 내게 잡히고 만 것뿐이다. 벽지에 묻어나온, 배 속에 빨려들어간 지 얼마 안 된 듯 보이는 새빨간 피를 보면 이런 생각이 든다. 야, 좀만 덜 먹지 이렇게 몸이 무거워져가지고 잡히고 말았냐. 죽이면서 응원하게 되는 이 마음을 어떻게 할까.

오랜 시간 나는 매정하게 구는 편이 낫다고 생각했다. 결국에 후려치고 뒤통수칠 것이면 불쌍해하지도 말아야지.

모기뿐 아니라 개, 돼지, 소도 사람이 살기 위해 어쩔 수 없이 잡는 것이라 생각해보려고 했다. 다들 나보다 먼저 죽음을 겪는 것이려니. 선배님들 몸을 섬겨 제가 먹습니다. 먹고 잘 살게 해주세요.

하지만 고기를 안 먹어도 사람은 잘만 살아가니 어쩌랴. 오히려 더 잘 살아갈 수 있다는 연구 결과가 이미 많이 나와 있으니 말이다.

현대인의 몸이 아픈 것은 결코 고기가 부족해서가 아니다. 무엇을 먹는지 따지고 생각할 겨를도 없이 바쁘게 살고, 그렇게 번 돈으로 겉으로만 번드르르하게 포장된 음식을 먹으면서 어찌 싱싱한 채소와 곡물, 열매에서 얻을 양분을 제대로 챙길 수 있겠는가.

꼭 필요한 게 아니라면 왜 살생과 착취를 지속해야 할까. 안타깝게도 자본주의 사회에서 이익 창출을 위해 자원을 낭비하는 것은 너무나 장려되는 행위다. 이것이 동물 착취와 만나면 그야말로 무한대의 고통이 양산된다. 피터 싱어는 《동물 해방》에서 동물을 오로지 이용의 대상으로만 바라볼 때 어떤 비합리적인 일들이 일어나는지를 군사 목적의 동물 실험부터 먹거리 생산을 위한 공장식 축산까지 실제 사례를 들어 자세히 썼다.

단지 종이 다르다는 이유만으로 동물을 이렇게 막대해도 된다는 윤리적, 도덕적 근거가 어디에도 없다고 싱어는 주장한다. 인간인지 아닌지 묻고 따질 게 아니라 '고통과 즐거움을 느끼는 존재' 모두의 이익을 동등하게 고려해야 한다는 것이다. 이런 관점에서라면 오로지 쾌락을 위해 동물을 수단으로 이용하는 행위가 윤리적으로 옹호될 수 없다. 맛있는 것을 먹기 위해 동물을 착취하고 폭력을 가하는 일은 말할 것도 없다.

직전에 살던 망원동 집에서는 바퀴도 죽어나가고 쥐도 죽어나갔다. 나는 내 침대로 퍼더덕 날아오던 바퀴와 벽지를 사사삭 갉아내던 쥐와 함께 살아갈 자신이 없어 살생을 택했다. 괴롭히고 죽이는 게 싫어 고기를 먹지 않는데 내 집에 들어오는 동물은 족족 죽여 내보내다니.

번뇌의 시간이었다. 쥐를 잡아 풀어줄까 생각도 해봤다. 하지만 기술적 문제는 둘째 치고 그 쥐가 옆집으로 가면 나는 골칫거리를 이웃에게 넘긴 셈밖에 안 되는 게 아닌가. 결론적으로 나는 쥐는 잡아 죽여버리고 고양이는 귀엽다고 사진으로 찍어 인스타그램에 올리는 인간인 것이다.

나와 내 공동체에 유해한 것이라고 스스로를 설득했으나 마음이 개운치 않다. 무엇이 유해한지 판단하는 문제가 여전히 남기 때문이다. 바퀴가 해충인 것은 왜인가. 그가 지금의 방식으로 살아가는 것은 우리가 지금의 방식으로 살기 때문이기도 할 것이다. 살충제 겉표지에 그려진 바퀴는 징그럽고 무시무시한 악마, 박멸해야 할 대상이지만 실은 그도 그의 생을 위해 열심히 살아갈 뿐이라는 점이 나를 몹시 괴롭게 한다.

그러나 이제는 후퇴하고 싶지 않다.

'바퀴와 쥐를 죽였으니 역시 동물과 인간은 안 돼, 일관성을 가져야지, 너는 지금 귀여운 것과 너랑 비슷한 것만 챙기고 다른 건 차별하고 있는 거야!'

이런 소리가 마음에서 들려오면, 이렇게 물리친다.

'가까운 것부터라도 구제하고 보는 게 맞아. 아직 안 되는 건, 앞으로 계속 고민하고 노력하는 수밖에 없어. 불가능한 일이라고 단정하지 말고!'

매번 반성하고 다시 생각하기를 게을리하지 않기로 한다. 열린 마음으로, 다른 이들의 생각에 귀 기울일 준비를 하고.

2

식탁 뒤 숨은 마음

: 서로 빚지며 먹는다는 것

언니들 마음

강원도로 여행을 가겠다고 하니 엄마가 먹을 것을 싸주겠다고 했다.

엄마는 여행을 갈 때마다 바리바리 음식을 싼다. 냉장고를 통째로 가져가고 싶어 하는 느낌이다. 최근의 가족여행 때는 차에서, 또 콘도에서 엄마가 준비한 김밥, 잡채, 낙지볶음, 굴파전을 먹었다. 외식은 한 번도 하지 못했다.

어릴 때도 그랬다. 보문단지 같은 데 가면, 다른 아이들은 엄마 손 잡고 이 가게 저 가게에 들어가서 뭔가를 사 먹어보는 것 같은데, 우리 엄마 아버지는 간식 때가 되면 꼭 벤치를 찾아 집에서 싸온 과일이나 떡 따위를 비닐봉지에서 주섬주섬 꺼내 먹는 것이었다. 나는 그게 몹시 부끄럽고 초라하게 느껴졌다.

서울로 떠나와 엄마를 한 해 대여섯 번 볼까 말까 했던 20대엔 가족여행의 기억이 거의 없다. 서른을 훌쩍 넘겨 가족과 재결합해 함께 길을 떠나보니, 어른 입 네 개가 무섭긴 무섭구나 싶었다. 어디로 다 치울까 싶던 음식이 배고프면 그렇게 반갑고, 집에 돌아올 즈음엔 귀신같이 동이 나 있곤 했다.

나는 가리왕산의 자연휴양림에 부엌 딸린 숙소 한 칸을 예약해두었다. 빛 없는 곳에서 별이나 실컷 볼 요량이었다. 먹을 것에 방점 찍는 여행도 아니고, 해도 일찍 떨어지는데 날 어두워 식당을 찾아 헤매는 것도 피곤한 일 같아서, 재료를 가져가 간단하게 저녁을 해 먹기로 했다.

출발 당일인 일요일 아침 일찍 부모님 집에 갔더니, 엄마는 없고 두 개의 보따리가 현관 앞에 가지런히 놓여 있었다. 황금색 보자기로 싸맨 스티로폼 상자는 열어볼 엄두도 못 내고, 입구가 트여 있는 플라스틱 장바구니를 열어보니 가관이었다. 귤 큰 한 봉지, 바나나 한 손, 감 한 봉지, 삶은 고구마 한 봉지, 삶은 밤 한 봉지에 지퍼백에 든 쌀은 족히 열 컵은 돼 보였다. 두 명이서 1박 2일이라고, 내가 말을 안 했던가?

이럴 줄 알고 엄마와 만나 분량을 조절할 생각이었는데. 엄마가 2주째 출근 중인 업체에서 아주머니들에게 일요일에도 청소를 하러 좀 나와달라고 한 모양이었다.

'황금 보따리'와 약간의 과일을 챙겨 차에 싣고 달려 휴게소에 도착할 즈음 엄마에게서 전화가 왔다. 쉬는 시간이 되자 득달같이 내게 전화를 한 모양새였다. 익숙한 신경전이 시작됐다.

"아부지가 그라던데 니 전부 내라놓고 갔다매." 목

소리에 섭섭함이 잔뜩 묻어났다.

“엄마는 내를 무슨 먼 동네로 시집보낼 거 같이 해놨데.” 나는 짜증을 꾹꾹 누르며 말했다.

스티로폼 상자엔 갈치조림 재료와 전복, 새우를 넣어놨다고 했다. 엄마는 내가 고기를 먹지 않자 기회될 때마다 이런 해산물을 챙겨 먹이려고 한다. 다 해치워야 한다니, 부담감에 속이 울렁거린다.

전날 나는 일을 마치고 신촌의 한 대형마트에 장을 보러 들렀었다. 이곳의 반조리식품이 무척 그럴싸하다는 얘기를 들었기 때문이다. 평소 마트에 잘 안 가는 내게, 도서관의 서가 마냥 반조리식품 상자가 착착 쌓인 거대한 냉장고들이 낯설고 또 흥미로웠다.

차돌된장찌개, 멘보샤, 곱창구이, 닭발까지 그야말로 없는 게 없었다.

이 풍요에 눈 휘둥그레져 길을 잃을 뻔한 나는 곧 중심을 잡았다. 고기를 안 먹는다는 기준을 들이대니 집을 것이 거의 없었기 때문이다. 약간 섭섭하면서도, 온갖 첨가물로부터 나를 지키는 방편으로서 채식이 참 괜찮구나 싶었다.

엄마의 지원이 없었어도 내가 이런 말을 할 수 있었을까? 세월아 네월아, 흐르는 물에 채소를 잎잎이 씻어 데쳐 무치는 그런 노동을 엄마가 대신해주지 않았더라면, 나는 허구한 날 서브웨이 베지 샌드위치(치즈 빼고 생양파 빼고)만 먹는 신세 아니었을까.

결국 과자 나부랭이만 몇 개 사 와서는 엄마의 도움을 받기로 한 것이다.

점심 한 끼는 외식을 해야 했다. 검색을 해보니 인근 리조트 직원들이 추천한다는 돌솥밥집이 있어 이곳으로 향했다.

두 시가 넘었는데도 식당 안이 꽉 차 있었다. 배고픈 손님들이 휩쓴 흔적이 남은 상 두어 개를 짧게 친 빠글머리 아주머니 두 분이 무릎을 꿇고 치우는 중이었다. 나는 문 앞에 서서 차례를 기다리며 이들의 빠른 손놀림을 지켜보았다. 돕고 싶지만 저곳은, 언니들의 영역이다.

나무틀에 얹힌 무거운 돌솥을 몇 개씩 겹쳐가지고는 허리 숙여 들어 올려 분주하게 주방으로 나르는 언니들은 허리와 다리가 다 비슷하게 굽었다. 평생 무릎과 고관절에 쌓인 부담이 걸음걸이의 변화로 나타난다는 것을 최근에 엄마를 보며 알게 됐다. 좌우로 뒤뚱뒤뚱 하는 걸음새를 보니 언니들은 우리 엄마보다 연세가 좀 있으신 게 틀림없다.

이토록 활력 있게 일하는 분들을 안쓰러이 여기는 건 실례다. 마음으로 응원하기로 한다. 일자리가 있고 일을 할 수 있다는 게 얼마나 중요한지 예순여섯의 엄마를 보면서 알게 되었으니까 더더욱.

자리가 나자 방석 위에 조신하게 앉아 기다렸다. 마침내 언니들이 커다란 알루미늄 쟁반에 반찬을 깔아 가지고 우리를 향해 온다. "아이고, 이렇게 기다리고 있으면 얼마나 고문이야. 옆에서는 맛있게들 먹는데." 남들 상을 곁눈질하던 내 마음을 읽으신 눈치다.

반찬 내리는 것을 도우려 하는데 "걍 둬" 하신다. 두 번이나 만류한다. 반찬 그릇 쪽으로 뻗은 내 손을 잡는 언니의 손이 보드랍고 따뜻해서 나는 깜짝 놀란다.

주방에도 비슷한 또래의 언니들이 보인다. 정갈한 음식을 맛보고 나는 언니들의 프로페셔널리즘에 혀를 내두른다. 상은 온통 나물 천지로 거리낄 것이 거의 없다. 시커먼 된장에는 팽이와 우거지, 무, 애호박, 파 따위가 들어 시원한 맛이 난다. 같은 색깔 장에 무쳐진 오이고추도 아삭아삭 아주 맛나다. 도장 깨기 하듯 반찬 그릇을 하나하나 비워내느라 말 그대로 정신이 없다.

식사가 끝나자 일행이 화장실에 다녀오겠다고 한다. 나는 막간을 이용해 상을 한번 정리해보기로 한다. 아까 잘 봐뒀으니 폐가 되진 않겠지? 바닥에 깔린 반찬 양념은 싹싹 긁어 된장 뚝배기에 모으고, 같은 모양 접시끼리 착착 쌓아 한쪽으로 모아둔다.

이럴 때면 꼭 광화문의 순두붓집 언니들 생각이 난다. 남들보다 한 시간쯤 늦게 갔더니 이내 손님이 다 빠지고 테이블이 족히 스무 개는 될 큰 홀에 나 혼자 남았다. 여기저기 흩어져 상이며 바닥을 닦는 언니들 수다가 귀에 쏙쏙 들어온 건 그때부터다.

"아니 아까 그 손님이 나한테 사과를 받아야겠대, 사과를!"

"깎아주지 않었어?"

"그랬지. 근데 나가면서 나한테 사과를 하래. 꼭 사과를 받아야 되겠대."

뭐 이런 이야기가 이어지다가,

"글쎄 요새 내가 거울 보면 깜짝깜짝 놀라. 어디서 이런 늙은 사람이 나타났나 하고. 내 손 좀 봐, 그렇게 곱던 손이 조글조글해졌네."

"엊그제 딸하고 백화점에 갔거든. 옷을 입어봤는

데 내 마음에 쏙 드는 거야."

"근데"

"딸이 사준다고 하는 거야. 그래서 내가 '아이 별로다' 그랬어."

"비쌌어?"

"20만 원이었거든. 딸이 계속 '엄마 이거 사, 내가 사줄게' 하는 거야. '아이 싫어, 이거 마음에 안 들어' 그랬어."

대략 이런 식이었다.

우리 엄마도 여러 식당에서 일을 했다. 나와 동생이 어릴 때는 낮에 우리를 돌보겠다고 밤에도 문을 여는 식당을 찾아 나갔다. 그 시절 어린 동생은 엄마 손을 꼭 붙잡고 자면 엄마가 못 갈 줄 알고 손을 꼭 잡고 잤는데, 자다 깨보니 손이 텅 비어 있었다고 내게 말한 적이 있다.

엄마는 어느 날은 새벽에 너무 배가 고파서, 같이 일하던 다른 이모와 대패삼겹살을 구워가지고 손님 올세라 허겁지겁 먹었다고 했다. 얼마나 맛있었는지 이 이야기를 여러 번 했다.

어느 날 그 이모가 말 없이 일을 그만뒀다. 한참 뒤에 "얼굴을 핼꿏게(핼쑥하게) 해가지고" 가게에 들러서

는 백혈병이라고 했다. 어린 나는 이 이야기에 큰 충격을 받았다. 작은 동네에서 바깥세상을 궁금해하며 먼 꿈을 바라보던 내게, 누군가의 삶이란 게 이렇게 끝나버릴 수도 있다는 게 낯설었다.

엄마는 병 없이도 몸이 자주 아팠고, 내가 학교에

서 돌아오면 방에 누워 있는 날이 많았다. 엄마가 일하러 간 밤이면 나는 잠자리에 누워 혹시 엄마에게도 그 이모와 비슷한 운명이 기다리고 있는 게 아닌지 생각했다. 열여섯 살에 기숙사로 떠나 집에서 먼 곳으로, 점점 더 먼 곳으로 떠났던 나의 마음 밑바닥에 내내 이 두려움이 깔려 있었다.

우리 모두 그 시절을 살아남아, 이제 이렇게 가까이에 있다는 것이 지금도 가끔 믿기지 않는다.

일행이 돌아오자 나는 얼른 엉덩이를 바닥에서 뗐다.

문을 나서는데, 멀리서 상 닦던 언니가 나를 잡아채 인사를 한다. "고마와 이모~!" 상 치우는 걸 보신 게 틀림없다.

아가씨, 언니, 학생 말고 이모 소리는 처음 들어보네. 나는 아까 언니를 어떻게 부를지 한참을 고심하다 "사장님!" 했는데. 사람들이 "이모 이모" 불러서 내게도 "이모" 하는 걸까, 옆 테이블에서 밥 먹던 어린이들한텐 내가 이모뻘쯤 된다고 "이모" 한 걸까. 여하튼 나쁘지 않았다.

남의 먹을 것을 제 것처럼 살뜰하게 챙기는 분들이 최저임금 받고 일을 한다. 이들에게 진 빚을 나는 갚을 길이 없다. 엄마한테만 따뜻해도 좋을 텐데, 밥상에서 자꾸 화를 낸다. 돌아서면 후회할 걸 알면서도.

우리 다들 그냥 서로 갚으며 살아가면 어떨까. 모르는 누구한테 잘하는 방식으로. 어차피 서로서로 빚지며 사는 게 인생이니까.

주류 감각과 이방인 감각

어떤 사회에서 '주류' 혹은 '다수자'로 살아간다는 건 어떤 느낌일까.

내게 그것은 존재 자체가 민망하지 않음, 어디론가 숨고 싶은 마음이 들지 않음이다. 누군가의 환대를 스스럼없이 받을 줄 아는 상태이기도 하다.

소비사회의 문화에 익숙하지 않은 환경에서 자라 돈 써본 경험이 적었던 나는 20대에 들어서도 주류 감각의 부재가 뼈아팠다. 충분한 돈을 가지고 가게에 들어가서 당당하게 무언가를 고르고 협상하는 일이 몹시 어렵게 느껴졌다.

예컨대 미용실은 특히 어려운 공간이었다. 의자 위에 앉아 "어떻게 해드릴까요?" 소리를 들으면 도망치고 싶었다. "아무렇게나요" 말고 내놓을 답이 없었다. 꾸밈도 익숙하지 않은데 그 일을 누구에게 시키고 대가를 지불하는 것은 더 난감했다. 모르는 사람과 상업 공간에서 만나 편안하게 소통하는 일이 가능해진 것은 최근 몇 년의 일일 뿐이다.

차별과 적대감이 무엇인지는 몸이 먼저 안다. 그런 것을 만나면 숨 쉴 공기가 부족한 느낌이 든다. 여긴 내가 있을 곳이 아니야. 나의 존재를 어딘가 욱여넣어 버리고 싶다는 순간의 염원이 세포 한 알 한 알에 전달

돼 물기가 쪽 빠져버리는 것 같다.

이 느낌들을 안다고 하면서도 세상이 나를 중심으로 도는 때가 적잖았으니, 나는 다양한 특권을 누리며 특혜받은 삶을 살아온 것 같다. 특히 고기를 끊고 나서도 식사 자리에서 저런 서늘한 감각이 없었던 것을 생각하면 지금 나는 꽤 안락한 위치에 있는 것이 틀림없다. 먹을 것을 자기가 정하는 이 당연한 일이 쉽지 않은 사람이 얼마나 많은가.

아는 사람이 한 명도 없는 공간에 나를 던져놓기로 마음먹었던 당시만 해도 이런 단어들을 떠올리지 못했지만, '이방인의 감각'만큼은 절실했던 것 같다. 자책하지도 자조하지도 않고 한 발 떨어져 세상을 볼 수 있는 상태에 놓여 있다는 느낌. 돌아보니 이 감각은 언젠가 주류 감각을 다시 맛볼 수 있다는 확신이 있을 때만 즐길 수 있는 무엇이었던 것 같다.

첫 직장을 그만두고 다시 취업준비생이 되려고 한 그때, 나는 내가 지금껏 한 번도 그저 살기 위해 살아본 적이 없다는 것을 깨달았다. 무엇을 위해 무엇을 하고,

그래서 무엇이 되고, 이런 생각을 하느라 어릴 적부터 머릿속이 아주 뒤죽박죽이었다.

서울에서 대학을 나오고 그럴싸한 직장에 취직하는 일련의 과정은 '주류' 혹은 '다수자'의 삶에 편입하기 위한 몸부림이 틀림없었다. 삶에는 그보다 나은 무엇이 있어야 한다고 믿었던 20대 초반의 나는, 결국 내가 추구한 모든 것이 주류를 향한 열망에 지나지 않음을 깨닫고 몹시 방황했다.

2년짜리 취업비자를 받아들고 런던으로 떠날 때 나는 그럴싸한 무엇 없이 세상 구경하며 너무 무겁지 않게 살아도 괜찮은지 알고 싶었다. 내게 이래라저래라 할 사람이 아무도 없는 곳에서 말이다.

이 도시가 나를 환영할 거라는 기대는 눈꼽만큼도 없었다. 일자리를 구하러 나갔을 때 영화에서 본 설국열차가 현실임을 직감했다. 나는 꼬리칸에 있었다. 이층버스에서 내려다본 휘황찬란한 간판의 가게들이 다른 관광객은 반겨도 나는 반기지 않을 것 같았다. 버스에서 내리고 싶지 않아서 목적지가 가까워 올수록 자꾸 잠만 왔다.

기술도 인맥도 인정받을 학력도 없는 상황. 바라마지않던 바로 그것이었으나 가끔 '이게 정말 내 인생의 전부라면……' 하는 생각이 들면 정신이 아득해졌다.

닷새 만에 일을 구하면서 나는 자신감을 회복했다. 그리고 알게 됐다. 일자리는 능력의 문제가 아니라 수요공급의 문제라는 것을. 내가 쓸 만한 사람인지 스스로를 검열하는 데 바빠서 이 명백한 진리를 너무 잊고 살았다. 부유한 도시의 수많은 카페와 레스토랑에는 늘 일자리가 있었다. 폴란드, 라트비아 등 동유럽 국가들과 금융위기 이후 경기가 급격히 나빠진 스페인, 이탈리아 등지의 이민자들이 서비스업을 떠받쳤다. 영국 국적의 직원은 거의 찾아볼 수 없었다.

내게도 만만한 곳이 식당이었다. 나는 가죽이나 플라스틱 냄새를 잘 견디지 못한다. 쇼핑을 안 좋아하는 것도 냄새 탓이 크다. 옷가게의 새 옷들 사이에 서 있으면 머리가 띵해지고 쉽게 피곤해진다.

음식 냄새엔 별 거리낌이 없다. 그 때문에 방심하기도 했다. 런던에서의 첫 직장에 실무를 겸하는 면접을 보러 간 날, 채용이 확정되자 작업복으로 받은 검정색 티셔츠를 그대로 입고 퇴근했다.

런던의 지하철에서는 흙과 기름이 뒤섞인 것 같은 검은 냄새가 코를 찔렀다. 그날도 마찬가지였다. 코가 적응을 하면 견딜 만해지는데 이날 따라 곧이어 어물전의 비린내가 덮쳐오는 것이었다. '무슨 냄새야' 하고 인상을 찌푸렸던 나는 이내 '내 냄새구나' 하고 얼굴이 벌게졌다. 이후 작업복을 입고는 절대 식당 밖에 나가지 않았다.

나의 일자리는 번화가에 있는 큰 퓨전 일식 레스토랑의 널따란 홀 한가운데 놓인 컨베이어벨트 안이었다. 연어와 참치를 이용한 초밥과 롤이 이 식당의 주된 메뉴였다. 한국에서 온갖 해산물을 흔하게 즐긴 나는 '다들 참 맛없는 것 먹고 산다' 하며 정신승리를 추구해 보았지만, 실은 거의 매일 군침을 흘렸다.

면접 날에 초밥 장인 마냥 밥 한 덩어리 들어 손바닥에 올려놓고 연어 한 점 올리던 나는, 정식으로 고용된 첫날 매니저가 초밥 만드는 법을 시범 보이자 '아차' 싶었다. 초밥 조립은 맥도날드의 햄버거 만들기와 같은 일이었다. 주방에서 기계에 찍어낸 뭉칫밥을 커다란 스테인리스 판 위에 쫙 깔아놓고, 그 위에 착착착착착 아주 빠른 속도로 회를 올리고 두 개씩 착착 집어 접시에 올려야 했다. 영업 개시와 함께 컨베이어벨트가 움직이면 준비된 음식으로 빈 곳을 재깍재깍 메워야 했다.

일에 얼추 적응하자 손끝으로 온갖 재료를 만지는 걸 즐겼다. 큰 플라스틱 통에 손을 담가 찬물에서 미역을 건져내 미소장국 그릇에 소분해 담을 때라든지 껍질이 살짝 까슬한 푸른 찐 콩을 한 줌씩 집어 접시에 담을 때가 좋았다.

제일 좋은 것은 브로콜리니를 써는 시간이었다. 이 작업은 치열한 준비 작업이 끝나고 곧 시작될 영업을 기다리는 오전 열한 시쯤의 몫이었다. 전면 유리로 된 가게 문을 통해 볕이 홀에 쏟아져 들어오는 때. 엉뚱한 상상을 할 여유가 있는 시간이었다.

데쳐진 브로콜리니의 얇고 긴 대를 똑똑 썰어낼 때 나는 나그네를 침대에 눕혀 침대보다 키가 크면 튀어나온 다리를 잘라냈다는 프로크루스테스에 빙의하는 상상을 했다.

적당히 길이를 잘 맞춰내고 있다고 생각했는데 어느 날 매니저가 잔소리를 했다. 당근이나 오이 스틱 만들듯이 길이를 "똑같이" 맞추라는 것이었다. 작은 나무같이 하나하나 조금씩 다 다르게 생긴 브로콜리니를 그렇게 놓는 것은 너무 기이하게 여겨졌다. 그래서 그 말을 못 들은 척 브로콜리니를 계속 썰던 대로 썰었다. 그 정도가 내게 허용된 고집이었던 것 같다.

일이 끝나면 몹시 배가 고팠다. 남들 먹는 것을 구경하니 더 그런 것 같았다. 30분간의 오후 쉬는 시간에

직원 식사가 나왔지만 지독하게 맛이 없었다.

메뉴는 주방의 그릴 담당 재량으로 결정되었다. 손이 빠른 셰프들은 손님들 주문을 쳐내는 동안 짬을 내 재료를 모으고 머리를 굴려 요리라고 부를 만한 것을 내놓아 모두를 기쁘게 했다. 하지만 이들이 그릴을 맡는 날은 자주 오지 않았다. 손이 느리거나 요리를 못하는 이가 그릴을 맡은 대부분의 날에는 간도 제대로 하지 않고 오븐에 덜렁 구워낸 닭다리를 감자튀김이나 흰 쌀밥에 먹어야 했다. 미소장국을 삼키면서 먹어봐도 양껏 먹기는 어려웠다.

밤 근무를 마치고 나면 남은 음식을 싸다가 집으로 가는 이층버스에서 먹었다. 자정에 가까운 늦은 시간이라 거의 매번 이층을 독차지했다. 런던 시내의 구불길을 느릿느릿 가는 버스 안에서 무릎에 도시락을 올려놓고 일회용 젓가락을 까서, 베이커가와 아비로드를 지나 스위스코티지의 집까지 가는 동안 연어도 먹고 참치도 먹고 가끔은 아삭한 샐러리악 무침과 소고기타다끼도 먹었다.

싸온 초밥은 집에서 끼니때 먹었는데, 세 끼 모두 초밥을 먹은 날이면 온몸에 식초가 흐르는 것 같았다. 이만하면 많이 먹었다 싶었던 즈음 이 가게를 떠났다.

실은 컨베이어벨트 안에 갇혀 일하는 데 신물이 났다. 브라질 출신으로 갓 아이 아빠가 된 블라디미르는 매니저로부터 '주방으로 가거나 웨이터 일을 하라'는 통보를 받았다고 나에게 귀띔했다. 이제 '정책적으로' 컨베이어 안에 '동양인처럼 보이는' 사람만 남길 텐데 백인 남성인 블라디는 적합하지 않다고 했다는 것이다. 그가 떠나고 얼마 지나지 않아 컨베이어벨트 안에는 나를 포함해 한국, 필리핀, 대만의 여성들만 남아 대부분 백인인 고객들을 위한 초밥을 만들게 되었다.

두 번째 직장은 하이홀본역 근처의 빵집이었다. 아침에는 인근의 직장인들이 커피를 사러 왔고, 점심에는 샌드위치를, 오후에는 집에서 주식으로 먹는 큰 빵을 사러 들르는 손님이 많았다.

내가 들어오자 프랑스 출신의 피에르는 기분이 적잖이 상한 듯했다. 나를 볼 때마다 자신의 직장이 저평가되었다는 느낌을 받는 것 같았다. 말은 참아도 숨은 참을 수 없으니까, 뭐가 마음에 안 드는지 얘기하지 않으면서 나를 향해 푹 내쉬는 한숨이 잦았다.

피에르는 곧 백화점의 유명 마카롱 매장에 일자리를 구해 떠났다. 다른 동료들은 나와 손발 맞추는 것을 즐거워했기 때문에 이후부터는 대체로 무난한 생활이었다.

오후 근무 조에 배정된 날엔 매장을 청소하고 쓰레기를 버리는 게 마지막 일과였다. 팔지 못한 모든 빵이 크고 질긴 불투명의 비닐봉투에 버려졌다. 겉이 바삭하고 속이 포슬포슬한 큰 덩어리 빵을 하나하나 봉투에 던져넣을 때마다 내 인간성의 중요한 부분이 잘려나가는 느낌이 들었다. 빵집에 다니기 시작한 후로 나의 주식도 초밥에서 빵으로 바뀌었지만, 그 많은 빵을 먹어치울 수는 없는 노릇이었다.

봉투는 가게 앞 가로등 밑에 모아두면 환경미화원이 수거해갔다. 어느 날 매니저 미라가 말하길, 그 빵을 '주워 먹는' 사람들이 있다고 했다. 미라는 '행색이 남루한 사람들도 아니고 멀쩡하게 생긴 돈 있는 사람들'이 '그런 짓'을 한다며 다소 흥분한 기색이었다. 도시에 넘쳐나는 음식 폐기물에 대한 문제의식에서 '먹을 수 있는 쓰레기'를 찾아다니는 환경운동가들의 이야기를 어디선가 접했던 나는 혹시 그런 사람들이 아닐까 생각했지만, 이들을 직접 만나지는 못했다.

가게에서 멀지 않은 곳에 웨스트엔드가 있었다. 퇴근길에 극장들을 지나 내셔널갤러리가 있는 트라팔가 광장까지 걸어가서 버스를 타곤 했는데 곳곳에 젊은 노숙자가 많았다. 사연은 제각각이겠지만 유럽치고 상당히 서울과 닮은 이 도시의 빠른 속도와 치열한 경쟁에 자신을 맞추지 못하고 나가떨어진 게 아닐까 하고 나는 짐작했다.

어느 날 문득 이들에게 빵을 주면 좋겠다는 생각이 들었다. 실행해보기로 하고 큰 배낭을 메고 출근했다. 몇 덩어리의 빵을 챙겨 나와 퇴근길에 여기저기 떨구고 다녔다. 빵을 직접 건네는 건 아무래도 면구스러워서, 드러누워 잠자는 사람 옆에 살짝 놓고 오거나 주인이 자리를 비웠을 때 가방 속에 몰래 넣어두었다. 마음 좋은 나의 동료들이야 이 사실을 알아도 모른 척해주겠지만, 폐기물이 줄도록 주문 수량을 잘 맞추라고 매니저 미라를 압박하던 무서운 본사 직원들을 생각하면 마음이 떨렸다. 주문량을 맞추는 게 자신의 실적과 연관되는 매니저에겐 나의 일탈이 곤란한 일이 될 수도 있을 것 같았다.

부매니저 린다는 헝가리 사람이었다. 이민 오기 전에는 적십자에서 일했는데 그 일이 무척 보람 있었지만 생계가 어려웠다고 했다. 똑똑하고 야무진 린다는 이 가게에 온 지 얼마 안 되어 부매니저로 승진했다. 다정한 성품으로 모두와 잘 지냈으나 시키는 일에 그대로 따르지 않는 것에는 무척 예민했다.

일테면 이런 것이었다. 본사가 충성 고객을 확보하는 데 열을 올리고 있던 터라 구매 후기를 남기면 크루아상 한 개를 무료로 주는 이벤트를 진행 중이었다. 본사의 실적 압박이 거세지자 린다는 커피 손님이 몰려드는 이른 오전에 모든 고객에게 이 프로모션을 안내하라고 지시했다.

손님들은 대체로 관대했지만, 출근을 앞둔 직장인이란 조금의 기다림도 잘 참지 못하는 존재가 아닌가. 일이 조금만 늦어져도 쉽게 초조함을 드러냈다. 커피를 만들며 뒤를 돌아보면 줄을 서 있는 손님들 미간이 서서히 구겨지는 게 눈에 보였다. 이 상황에서 매번 손님에게 '웹사이트에 들어가셔서 영수증에 찍힌 코드를 입력하고 피드백을 남겨주시면 크루아상 하나를 무료로 제공하는 쿠폰을 받으실 수 있어요, 출력해서 가져오셔야 해요!'라고 안내하는 것은 심적으로 부담이 되는 일이었다.

린다는 내가 몇몇 손님을 안내 없이 돌려보내는

것을 포착하고 주의를 준 후에 계산대로 가서 직접 시범을 보였다. 안내 멘트를 생긋생긋 웃으며 나긋나긋하게 어찌나 또박또박 말하던지! 나는 무안해졌고 린다를 좀 무서워하게 되었다.

어느 날, 한산한 오후에 린다와 둘이 근무를 서고 있는데 행색이 남루한 중년의 남성이 혼자 가게로 들어섰다. 린다는 주방에 있고 나 혼자 계산대를 지킬 때였다. "내 친구가 그러던데, 여기서 남는 샌드위치를 공짜로 준다면서요."

순간 눈앞이 캄캄해지는 느낌이었다. 온갖 생각이 다 들었다. 내가 빵을 놓고 가는 걸 봤나? 매장 이름이 안 찍힌 봉투를 썼는데 어떻게 알았지? 나 말고 다른 동료가 샌드위치를 준 적이 있나? 얼른 빵을 들려서 보낼까도 싶었지만 린다한테 걸리면 혼날까봐 걱정이 되었다.

미처 대답하지 못하고 우물쭈물하던 그때 린다가 주방에서 나왔다. 손님은 내게 했던 말을 린다에게 한 번 더 해야 했다. 나는 원칙주의자 린다가 어떻게 행동할지 궁금했다.

린다는 아주 잠깐 말이 없다가, 이내 "그럼요" 하면서 봉투를 꺼내 샌드위치를 담아 이 남성에게 건넸다. 그이는 짧은 인사를 건네고 재빨리 가게를 빠져나갔다.

"좋은 일을 하면 기분이 좋잖아." 약간 얼어붙은 나에게 린다는 이렇게 말하고 주방으로 돌아갔다.

이 일을 겪고 나서 다시는 모르는 이에게 빵을 가져다주지 않았다. 본사 직원이나 매니저에게 혼날까봐 겁을 냈던 내 자신이 작아 보였고, 내 빵이 아닌 남의 빵으로 벌인 '선행'도 몹시 민망했다. 배고픈 이를 먹여 살리는 게 무엇보다 중요한 일 같았지만, 그 중요한 일이 누구의 몫인지 의문으로만 남겨둔 채로, 나는 찜찜한 기분을 이겨내지 못하고 빵을 그냥 버리는 쪽을 택했다. 이 일은 지금까지 여러 가지 부끄러움으로 남아 있다.

그 시절 이방인의 감각을 적당히 즐길 수 있었던 데는 병민의 주방 덕이 컸다. 서울서 그랬던 것처럼, 런던에서도 나는 수많은 방을 보러 다녔다. 내 밥을 해 먹을 수 있을 것 같은 공간이 좀처럼 없었다. 말도 안 되는 조항 수십 개를 늘어놓은 계약서를 펄럭이며 한 가지

어길 때마다 보증금을 몇 만 원씩 까겠다고 하는 스페인 사람도 있었다. 그의 집에 들어갔다가는 김치와 된장은커녕 마늘조차 못 먹겠다 싶었다.

병민의 집은 달랐다. 유학생들이 그에게 세를 내고 살았는데 들어서자마자 익숙한 냄새가 났다. 고급 레스토랑에서 셰프로 일하는 병민이 짬날 때마다 된장찌개며 제육볶음, 중국식 훠궈, 팟타이 같은 것을 만들어준 덕에 좁은 집에서도 복닥복닥 서로 잘 지냈다. 그럴싸한 식탁 하나 없었지만 매번 둥글게 모여 앉아 맛있게 먹었다. 두 마리 고양이의 털이 난무하는 좁은 부엌에서 나도 가끔 전을 부치고 국을 끓였다.

병민은 가끔 레스토랑에서 남은 음식을 포장해왔다. 그중 매쉬포테이토는 쉬지 않은 적이 없었다. 버터가 듬뿍 들어 입에 넣으면 너무 보드라워서 쉰내가 쿡 올라오는데도 모른 척 삼키고 싶은 충동이 일곤 했다.

영국에서 지내는 동안 나는 생계만 해결되면 가급적 '커리어'는 생각을 않기로 했다. 괜찮은 일상이면 그것으로 족하다고 여겼다. 가끔 페이스북을 통해 또래들이 취직, 결혼, 승진 따위를 했다는 어떤 성취에 대한 소식이 들려올 때면 '내가 여기서 뭘 하고 있나' 울적해지기도 했지만, 먹고사는 문제에 집중하면 곧 헤어나올 수 있었다.

일하고, 산책하고, 먹고, 자고. 단순하게 살아보니 배고프면 먹고, 잘 비우고 다시 잘 먹는 게 최고라는 걸 알게 됐다. 한국에 돌아와 정신없이 일하게 되면서 이 단순한 진리를 자꾸 잊게 되었지만.

채소를 생으로 먹으면 사람이 죽습니다

꼭 10년 전 일이다. 내가 다니던 대학과 교류 협정을 맺은 도쿄의 한 대학이 여름방학 동안 4주간의 일본어 연수 프로그램을 연다고 해서 참가하게 되었다.

중급반에 나를 포함한 한국인 두 명, 대만 사람 한 명, 중국 사람 두 명이 있었다. 첫날부터 잊지 못할 일이 벌어졌다. "대만은 중국의 일부분입니다." 대만 학생이 자기소개를 하는데, 국적을 말하기 무섭게 중국 학생이 말을 탁 끊으며 끼어든 것이다. 나는 벌어진 입을 다물지 못한 채, 일어나서 자기소개를 하던 대만 친구의 눈치를 살폈다.

이 중국 학생은 자기 나라에 대한 자부심이 대단했다. 운남성 출신으로, 중학생 때부터 서구권 관광객들에게 자기 고장의 문화를 소개하는 아르바이트를 해왔다고 했다. 그런 그녀가 어느 날 일본인 선생님에게 이렇게 물었다.

"일본인들은 왜 채소를 생으로 먹습니까?"

선생님을 포함한 모두가 눈을 동그랗게 뜨고 그를 바라봤다.

"채소를 생으로 먹으면 사람이 죽습니다!"

자기네 동네에선 그런 일이 일어나기 때문에 채소를 날로는 먹지 않는다는 설명이었다.

나도 그의 나라에서 살아본 적이 있다. 베이징 올림픽이 열리던 2008년 한 해를 베이징에서 보냈다. 뜨거운 기름이나 국물에 채소를 아낌없이 담가 먹는 그 동네의 음식들을 내가 얼마나 좋아했던가.

지금 와서 생각해보니 내가 처음 만난 채식주의자는 중국 사람들이었다. 불교 신자인 베이징 사람 탄옌은 같이 한식당에 가면 비빔밥을 주문하며 고기와 계란 고명은 빼달라고 요청했다. 나에게 중국어를 가르쳐준 하얼빈 출신의 푸 선생님도 고기를 먹지 않았다. 그는 이슬람교를 믿는 회족인데, 종교 때문은 아니지만 어린 시절 기근이 와서 오랫동안 고기를 구경조차 못하다보니 입맛이 고기를 거부하게 되었다고 했다.

푸 선생님도 나도 식탐이 많은 편이어서 같이 식당에 가면 음식을 푸짐하게 시켰다. 훠궈 가게에 가면 그는 '청탕'을 주문해 먹었는데, 육수를 쓰지 않고 몇 종류의 약재만 넣어 끓여낸 맑은 국물이었다. 푸 선생님 덕분에 청탕의 존재를 알게 된 나는 채식을 하게 된 뒤로 이 국물에 다양한 식감의 두부와 버섯, 채소를 넣어 건져 먹는 것을 즐겼다.

만으로 꼭 스무 살이던 그해 여름, 나는 처음으로 공장식 축산의 문제에 대해 알게 되었다. 《육식의 성정치》라는 책을 통해서였다. 사회가 여성성과 여성의 몸을 이용하고 착취해온 역사에 치를 떨던 나는 페미니즘에 대한 관심에서 이 책을 들었다가 큰 충격을 받았다. 여성의 자유를 침해하고 여성에게 폭력을 휘둘러서는 안 된다고 주장해왔는데, 말 못하는 짐승에겐 그렇게 해도 되는 것인가. 그런 일을 다른 사람에게 시켜도 되는 것인가. 이 문제는 단숨에 삶의 큰 화두가 되어버렸다. 당시의 일기를 뒤져보니 이런 흔적들이 남아 있다.

> "(운남성 차마고도의) 산 위에서 두 번이나, (객잔 주인이) 산 닭을 잡아 오는 것을 보고 무감각했던, 오히려 입맛을 다셨던 2주 전의 내 모습이 무섭게 느껴진다. 책을 읽는다는 건 이렇게 큰일인가. 어떤 닭이 마당에서 맘껏 뛰놀다 자연사할 수 있을까. 쫑쫑거리며 뛰노는 병아리들도." (2008년 9월 12일)

> "며칠씩이나, 꿈에서 고기를 먹고 이상한—원래는 당연하게 여겼던—질감과 달큰한 맛에 몸을 떨며 후회했다." (2008년 9월 16일)

그때는 주변에 윤리적 이유로 채식을 하는 사람이 없어 이런 이야기를 누군가와 깊이 나눠볼 수 없었다. 한국에 돌아가 고기를 먹지 않는다고 말하면 주변에서 어떤 반응을 보일지 상상할 때마다 몹시 두렵게 느껴졌다. 중국으로 출국하기 직전 읽었던 한강의 소설《채식주의자》가 생각났다. 주인공 영혜가 고기를 안 먹는다고 선언하자 아버지는 밥상머리에서 역정을 내면서 그의 입에 고기를 밀어넣는다.

고기뿐만 아니라 유제품과 알, 해산물까지 단번에 끊었던 나는 '죄책감'만으로 지속적인 동기를 부여하는데 어려움을 느꼈고 한 달쯤 지나고부터 내 행동이 위선적으로 느껴지기 시작해서 아예 채식을 관둬버렸다.

내가 중국에 머물렀던 그해, 한국에서는 5월부터 광우병 촛불시위가 일어났다. 베이징의 기숙사에서 기사를 찾아보며 역사적인 순간에 함께하지 못하는 것을 아쉬워했다. 당시 정부는 30개월 이상의 특정 위험물질까지 포함된 미국 쇠고기를 전면적으로 수입하려 했는데, 광장에 나온 시민들이 이를 저지해 수입 조건을 바꿔내고 검역체계를 도입하는 데 성공했다. 안전은 제쳐두고라도 강대국과 부당한 조건으로 협상하려던 정부를 시민들이 막아내다니, 굉장한 일이었다.

지금 마트에 가면 기름기가 충만한 미국산 쇠고기를 한우보다 훨씬 싼값에 쉽게 구할 수 있다. 광우병을 걱정하는 이야기도 들리지 않는다. 그런데 까다롭게 수입해서 광우병만 피하면 괜찮은 걸까. 지금 와서 생각해보면, 2008년 투쟁 때는 소고기 문제를 국력의 문제로만 생각했을 뿐 고기를 생산하는 과정 자체에 대해서는 충분히 돌아보지 못한 것 같다.

처음에 나는 순전히 윤리적인 동기로 채식을 고민했다. 하지만 지금은 어쩌면 동물과의 관계를 재정립하는 것이 인간의 생존을 위해 필수적인 일이 아닌가 하는 생각이 든다. 도시와 농촌을 구분하고 흙을 아스팔트로 덮고 오염된 내 집 공기를 공기청정기로 정화하며 살아간다 해도 우리와 가축, 야생동물, 식물과 미생물이 모두 연결되어 있다는 사실은 변하지 않는다.

2020년은 잦은 기상이변과 인수 공통 전염병에서 그 누구도 자유로울 수 없다는 것을 피부로 느끼게 된 해였다. '언젠가 고기를 끊어야지' 마음만 먹고 십여 년이 흐르는 사이 이 모든 위기가 먼 미래의 일이 아닌 지금의 일상이 되어버린 것이다. 이번 여름 한국에선 역대 최장의 장마로 한 달 하고 보름이 되도록 별을 보기가 어려웠고, 시베리아 북극해에선 10월이 지나도 얼음이 얼지 않았다. 녹아내리는 얼음 사이로 그간 해저 지형에 묻혀 있던, 이산화탄소보다 80배 강한 온난화 효과를 내는 메탄가스가 빠르게 새어 나오고 있다고 한다. 동물의 고통 문제로 채식을 얘기하는 내가 한가로운 것같이 느껴질 정도다.

지구생물학자 호프 자런은 자신이 태어난 1969년부터 반세기 동안 생산과 소비가 얼마나 늘어났고, 그 결과 지구가 어떻게 변했는지를 책 《나는 풍요로웠고, 지구는 달라졌다》에 쉬운 말로 풀어 썼다.

인간이 도살한 동물의 숫자는 1969년과 비교하면 여섯 배나 많아졌다. "인간이 지구상에서 사용하는 담수의 30퍼센트는 고기를 얻기 위한 가축의 생산과 사육, 도살에 쓰인다. 감금 상태에서 도축을 기다리는 250억마리의 소와 돼지, 닭에게는 엄청난 양의 약이 주어진다." 오늘날 인간이 10억 톤의 곡물을 먹어 소비하는 동안 또 다른 곡물 10억 톤이 동물의 먹이로 소비되고 있다고 그는 지적한다. "그렇게 먹여서 우리가 얻는 것은 1억 톤의 고기와 3억 톤의 분뇨다."

상대적으로 부유한 OECD 36개 나라가 육류 소비를 절반으로 줄이면 식량으로 쓸 수 있는 곡물 생산량이 40퍼센트 가까이 늘어난다고 한다. 이 부유한 나라에 당연히 한국도 속해 있다.

회식 때 삼겹살을, 복날엔 삼계탕을, 축하할 땐 소고기 스테이크를 먹는 문화를 근본적으로 바꿀 수 있다면 어떨까. 축산업과 대기오염이 결코 무관치 않은데 미세먼지에 삼겹살이 좋다고 홍보하다니 얼마나 모순적인가. 고기를 만들려고 공기를 오염시켜놓곤 고기 기름으로 몸속의 오염물질만 밀어내겠다는 발상이라니.

육식을 줄이는 것은 다른 종을 착취하지 않고 공존하는 일과, 나와 나의 소중한 사람들 또는 혹시 있게 될지 모를 자손의 미래를 지키는 것 둘 다를 위해 필요한 일이다. 그러니 부디 모두 원래의 먹던 방식만 고집하지 않았으면 좋겠다. 적어도 하던 대로 하고 싶은 게으른 관성과 기득권을 유지하고 싶은 마음을 '자연스럽다' '필수적이다' 같은 말로 포장하지는 않아야 한다고 생각한다. 고기를 안 먹고도 잘 살아온 사람들이 세계 곳곳에 많이 있다. 자신의 편협한 세계를 세상의 전부인 양 내세우는 것은 부끄러운 일이다.

가족의 외식

엄마는 고기를 '나메살따구'(남의 살따구)라고 부른다. "아무래도 나메살따구가 들어가야 맛있다 카재" "나메살따구 안 넣었더니 아부지가 맛없다 카더라" 하는 식이다. 정작 엄마 본인은 평생 나물 위주의 식사를 해왔다.

고기를 끊은 첫 달에 집에 들렀더니 엄마가 김치찌개를 끓인다고 했다. 못 부리는 애교를 섞어 "고기 안 넣고 해주면 안 돼애?" 하는 모습을 주방에 들어오던 동생에게 들키고 말았다. "김치찌개에는 돼지고기지! 너님 집에 가서나 그렇게 해 먹어라!" 동생 말에 엄마가 보는 데서 아옹다옹해버렸다. 엄마는 이날 김치찌개를 두 종류로 만들고 작은 냄비를 가리켜 내 것이라고 해주었다.

젊은 시절의 엄마는 내내 동동거리고 화가 많았다. 나로선 짐작만 할 수 있는, 여러 가지 좌절이 원인이 되었을 것이다. 늦둥이로 나서 5년을 혼자 자란 나는 하고 싶은 것을 못한 적 없는 이기적인 첫째인 동시에 원하는 걸 원한다고 말할 줄 모르는 '애어른' 같은 아이였다.

없는 살림에 남부럽잖게 공부를 시켜놓고는 "여자니까" 선생님이 되라고, "애 낳고 살기엔 그만한 게 없다"고, 수능 본 날 더러 서울로 가지 말라고 했을 때 울고불고 많이 싸웠다. 중학교를 마칠 때 이미 한 번, 엄마와 상의도 하지 않고 덜컥 기숙학교에 지원해 도망쳐 버렸던 나였다.

엄마 품에서 자란 딱 그 기간만큼을 떨어져 지내고 나서야 우리는 다시 가까이 살게 되었다. 이 재결합을 걱정하지 않았다면 거짓말일 것이다. 내가 서른을 넘고 엄마 아버지가 노년에 접어들어 다시 시작한 함께 살기는, 다행히 살기등등하던 나의 사춘기 때와는 또 다른 것이었다. 우리는 서로에게 훨씬 너그러워졌다.

고기 안 먹는 것을 부모님께 알릴까 말까 처음에는 고민했다. 떨어져 사는 동안 엄마의 걱정과 오해가 부담스러워 생활의 시시콜콜한 부분은 말하지 않는 게 습관이 되어 있었다. 그냥 찌개나 국에 든 것은 좀 골라내고 먹으면 어떨까 싶었다. 하지만 감추는 게 생기면 부모님 집에 가는 것을 은연중에 꺼리게 될 것 같고, 덩어리만 안 먹는단 식으로 여지를 두는 것이 실천에도 좋지 않을 것 같았다.

가족들을 만나자 의외로 말이 쉽게 나왔다. 밥상에서 "저 이제 고기 안 먹어요" 말하고 설명은 덧붙이지 않았다. 엄마도 아버지도 나를 타박하거나 나무라지 않을 거라는 믿음이 내게 있었구나 싶어 약간은 뿌듯한 기분이 되었다.

엄마는 이유를 묻지 않고 나의 선택을 존중해주었다. 채소만 넣은 카레와 고기를 빼고 유부를 넣은 잡채 같은 것들이 우리 집 단골 메뉴에 추가되었다. 어느 날은 부모님 집 현관에 들어서자 엄마가 뛰쳐나오며 "우리 고기판 벌였다~" 했다. 고기 안 먹는 나한테 미안해가지고 미리 알리러 나온 것이었다. 그날 나는 엄마가 구워준 팽이를 쌈장에 찍어 먹고 데쳐준 소라는 참기름에 찍어 맛있게 먹었다.

경주에서 나고 자란 나는 학업과 일을 계기로 부모보다 먼저 서울에 자리를 잡게 되었다. 집 떠난 자식은 새로운 세계를 접하고, 그 세계로 부모를 안내하고 싶은 법이다. 그러나 부모의 취향이란 참으로 알 길이 없었다. 엄마 기준엔 '기름 범벅'인 짜장면을 좋아하시는 아버지도 내가 발견한 짜장면 맛집은 "느끼하다" 하시는 것이었다.

숱한 실패 끝에 이제는 약간의 방법을 알게 되었

다. 일단 '가성비'가 맞아야 한다. 여기서 탈락하면 맛과 분위기가 아무리 좋은들 소용없다. 처음에 이것을 간파 못하고 자꾸만 더 새롭고 비싼 데로 갔다가 갈 때마다 쓴맛을 보았다. 두 분과 가는 식당에는 재즈 음악 같은 게 나와서도 곤란하다. 울퉁불퉁한 비정형의 박자가 두 분을 불편하게 한다는 걸 경험으로 알게 되었다.

아버지는 매운 것을 못 드신다. 고추를 좋아하는 엄마와는 상극이다. 엄마는 그 세월을 아버지와 같이 살았으면서 아직도 미련을 못 버리고 끓이던 된장 맛을 볼 때면 이렇게 내뱉는다. "맵씰해야 맛있는데." 김장철이 되면 어디서 안 맵다는 고추를 자루떼기로 구해 와서는 "우리 집 고추는 페인트다! 색깔만 내는 용도다!" 하고 성토를 한다.

그런 아버지도 가끔 술안주로 벌건 음식을 드실 때가 있다. 나와 동생은 "아버지 저건 어떻게 드신대" 하며 쑥덕거리는데, 아버지가 진실하지 않은 건 아닌 것 같다. 안 맞는 매움을 만나면 정말로 입속이 헐어버린다고, 최근에도 한 번 우리 셋 앞에서 억울함을 호소하신 적이 있다.

엄마는 바깥 밥 앞에서 다른 이유로 발을 동동 구른다. "집에서 하면 훨씬 잘할 수 있는데……" 원가와

청결도 같은 것이 머릿속을 떠나지 않는 것이다.

기숙사에 살던 시절, 감자탕을 한번 먹어보고 싶어서 엄마를 조른 적이 있다. 외박 때 외식을 기대했던 나는 부엌에서 곰솥에 가득 담긴 엄마표 감자탕을 발견하고 엉엉 울어버렸다. 나는 이거 말고 **진짜 감자탕**이 먹어보고 싶었단 말이야!

지금 생각하면 돼지 등뼈와 우거지, 감자를 아낌없이 넣고 푹 끓인 그 감자탕이 우리 동네 맛집 것보다 훨씬 낫다. 동네 맛집 감자탕은 이미 얼근하게 취해 마비된 혓바닥에 최적화돼 있어, 멀쩡한 혓바닥으로 가서 먹으면 정말이지 짜다! 심지어 소주잔 부딪고 또 부딪는 동안 그것을 계속 졸여댔으니 어땠겠는가……

늘상 밖에서 돈 주고 끼니를 해결하는 사람에게는 그 뒤에 숨은 노고가 잘 보이지 않는 법이다. 어느 날 비빔밥 슥슥 맛있게 비벼 먹는 엄마를 보며 그런 생각이 들었다. 엄마는 외식도 하지 않으면서 어디서 배워 그 많은 요리를 해냈을까.

어릴 때 내가 피자 먹고 싶다고 하면 엄마는 밀가루 반죽 대신 계란을 깔아 갖은 채소와 간 소고기, 치즈를 올려 프라이팬에 구워 케첩을 둘러주었다. 썩 그럴싸한 맛이 났다. 최근에는 토마토가 몸에 좋다면서 TV

에서 본 토마토계란볶음을 곧잘 해준다. 참기름을 팍팍 친 토마토계란볶음은 내가 밖에서 맛본 것과는 거리가 멀지만 나름의 매력이 있다.

엄마의 요리는 언제나 이렇게 돌직구 스타일이었다. 좋은 재료를 아낌없이 넣은 꾸밈없는 맛. 바깥 밥 좀 먹어봤다고 그것들에 견주어 엄마 밥을 이러쿵저러쿵 품평하는 내 모습은 정말이지 숨기고 싶은 무엇이다.

엄마도 결혼을 하고 나서야 처음으로 밥을 하기 시작했다는 것을 나는 최근에야 알았다.

여상을 졸업하고 단성사 앞에서 서무 일을 하던 엄마는 영천에 계신 아버지가 갑작스레 돌아가시자 집으로 소환되어 짧은 서울살이를 접어야 했다. 자매들은 속속 결혼해 집을 떠났고 엄마만 스물아홉까지 그곳에서 '노처녀' 소리를 들으며 지냈다. 주변에서 걱정을 해도 외할머니만큼은 "밥이라가 쉬나 와들 카노"(밥이라서 상하는 것도 아닌데 왜들 그러느냐) 하며 조급한 내색을 하지 않았다고 한다.

경주로 '시집온' 첫 주에 할머니가, 교장 선생님이던 할아버지의 동료 부부들을 잔뜩 초대하고는 엄마 혼자 남겨놓고 어디론가 사라져버렸다고, 그 잔칫상을 혼자 차리느라 허둥허둥, 나는 한 번 해본 적도 없는 요리들을 정신없이 해치우다보니 어찌어찌 되긴 되더라고, 엄마가 젊을 때부터 몇 번이나 말을 했었다. 나는 그게 흔한 시집살이 입문의 추억이겠거니 하고 넘겼다. 이제와 다시 보니 그것은 집에서 밥이라곤 해본 적 없던 엄마에게 뜬금없이 닥친 큰 시련이었던 것이다.

이제 우리 엄마 나이가 아마 내 어린 시절의 외할머니 연세쯤 되었을 것이다. 한복을 입고 단정한 쪽머리에 비녀를 꽂은 외할머니가 한옥 마루에서 담배를 태우시던 기억이 난다.

결혼 전 엄마는 이 집에서 어머니하고 '갈맬 아지매'하고 같이 살았다. 갈맬이란 데로 시집을 갔었던 엄마의 고모는 남편이 군대에 갔다가 살아 돌아오지 못하자 고향으로 돌아와 오빠의 아내인 우리 외할머니하고 평생을 살았다.

어린 내게 갈맬 아지매는 좀 독특한 사람으로 기억되었다. 분명 할머니인데 몸짓이나 표정은 꼭 어린아이 같았다. 늘 오만상을 찌푸리고 투덜거리면서 여기저기를 돌아다녔는데 아무도 그이를 미워하지 않았고 같이 잘 지냈다.

올케와의 사이는 좋지만은 않았던 것 같다. 엄마 말로는 젊은 시절 갈맬 아지매가 늘상 외할머니에게 시비를 걸어서 서로 많이 다투었다고 한다. 한번은 가마솥 앞에서 말 그대로 서로 머리 뜯고 싸우는 두 사람을 엄마가 떼어 말린 적도 있었다고 했다.

갈맬 아지매는 몇 해 전 세상을 떠나셨고 구순을 넘은 외할머니는 이제 요양원에 계신다. 엄마가 가끔 갈맬 아지매가 보고 싶다고 눈물을 글썽일 때가 있다. 그녀에 대한 기억이라고는 흐릿한 몇 장면뿐인 내가 어느 날 물었다.

엄마. 갈맬 아지매는 밥을 할 줄 알았어?

을마나 잘했다. 갈맬 아지매. 가마솥에 불 때가지고 하는 밥을 축축~하이 잘했다. 아지매 밥 해놨는 거 가가 무보면 참 맛이 있다.

엄마의 눈가가 곧 또 촉촉해지려고 했다.

외식할 때 엄마와 아버지를 만족시킬 최적의 가게를 찾

아낸 것은 3년 전의 일이다. 망원동의 이 삼겹살집에서라면 엄마와도 타협이 된다. 돼지고기를 김치, 콩나물, 파절임과 솥뚜껑에 올려 구워 먹는 곳인데, 엄마도 "이 집 고기는 먹을 만하다" 한다. 누린내가 난다며 돼지고기는 안 잡수시는 아버지도 "이상하게 이 집에선 냄새가 안 난다"고 하신다. 내 보기엔 값싼 냉동 고기일 뿐인데, 혹시 가성비란 미각도 이기는 것일까?

한때 아버지의 이 가게 사랑은 애인에게 큰 고충이었다. 같이 저녁을 먹게 되면 주꾸미볶음이나 연포탕 따위를 누차 제안해봐도 아버지의 마음이 이미 이 가게로 향해 있음을 깨달을 뿐이었다. 고기의 신선도를 최고로 중시하는 애인에겐 애초에 맞지 않는 집이었다.

고충이 또 하나 있었으니 아버지의 "한 병 더"였다. 안주로 한 점 한 점 천천히 고기를 드시는 아버지와 달리 앉자마자 고기를 흡입하던 우리는 '빨간 소주' 세 병째가 되면 이제 그만 집에 가고 싶어 엉덩이가 들썩들썩하는 것이었다.

내가 고기를 먹지 않게 되면서 이 가게와의 인연도 이젠 추억에만 자리하게 되었다. 마지막으로 갔던 날에 나는 고기엔 손도 대지 않고 콩나물과 파무침만 김과 무쌈에 싸서 먹었는데, 그때의 일이 마음에 걸렸

는지 이후부터 엄마도 아버지도 그 집에 가자고 하지 않으셨다.

부모님 집에서 멀지 않은 곳에 혼자 살던 나는 최근 동생과 함께 새 거처로 옮겨왔다. 이사 후 첫 주말에 부모님을 모셔 저녁을 먹었다. 예전처럼 소고기를 굽거나 샤브샤브 같은 것을 준비할까 하다가, 나 안 먹는 것을 굳이 싶어 마음을 바꾸었다. 매운 것을 좋아하는 엄마에겐 알싸한 요리를 맛보여보고, 매운 것을 못 드시는 아버지께는 평소 좋아하시는 만두와 우동을 준비해 드리기로 했다.

엄마는 채소가 듬뿍 든 마라샹궈를 맛있게 먹어주었다. 우동을 드시던 아버지는 이날, 처음으로 내게 이렇게 물어보셨다. "고기는 왜 안 먹게 된 거야, 어느 날 갑자기." 나는 잠깐 머뭇거리다 이렇게 답했다. "불쌍해서요, 불쌍해서."

아버지는 답 없이 식사를 계속하셨다. 이야기를 이어간 건 엄마였다. "돼지머리! 너들 어릴 때 시장에서 돼지머리 보고 한동안 고기를 안 먹었잖아, 불쌍하다고." 나는 기억하지 못하는 일이다. 밥상의 고기가 한때는 생명이었음을 각성하는 계기가 아이들에게 한 번씩은 있는 모양인가.

아버지의 주량은 맥주를 곁들인 빨간 소주 세 병에서 두 병으로 줄더니 이제 한 병까지 줄어 있었다. 딸의 간은 그동안 밖에서 마신 술로 남아나지 않아 매번 아버지와 '짠' 할 간은 부족했는데, 요 짧은 몇 년 새 이렇게 되어버렸다. 이제라도 마주 앉을 기회들을 최대치로 기꺼워하자고 다짐할밖에.

남한에 자리 잡은 새터민들이 무용담을 풀어놓는 종편의 한 토크쇼를 봐야 한다고, 아버지는 아홉 시가 되기도 전에 서둘러 일어나셨다. 아버지와 집에 돌아간 엄마는 '덕분에 잘 먹었다. 해 먹는 거 보니 안심이 된다'고 카톡을 보내왔다.

모두의 배 속 사정이 제각각 다른데도

어제 저녁부터 구륵구륵 속이 좋지 않다. 자고 일어났는데 공복의 개운함도 없고 아랫배도 뚱하게 튀어나온 것이, 최근 몇 번의 불규칙한 식사와 생리통이 합쳐져 이렇게 된 것 같다. 살기 위해 먹느냐 먹기 위해 사느냐. 나는 가끔 소화기관이 나를 위해 복무하는지 내가 소화기관에 복무하는지 헷갈린다. 솔직히 말하면 후자가 맞는 것 같다.

위장과 대장이 나를 움직인다고 느낄 때가 많았다. 무언가 먹고 싶은 상태가 되면 그 생각에 사로잡혀 헤어나올 수 없었다. 술기운에 절어 개운찮으니 콩나물국이라도 부어내려야 하고 단것을 많이 먹어 입속이 덜쩍지근하니 그 느낌을 지워내려 짠 것 매운 것을 다시 찾는 식의 순환이 반복됐다.

먹는 일은 마음이 시키는 일이기도 해서, 좋지 않은 일이 있거나 마음이 울적하면 먹을 것을 찾게 된다. 사는 게 심심할 때도 마찬가지다. 몰입 중인 재미난 일이 있을 때 대체로 끼니는 때우는 것으로 인식되는데, 그런 것이 없을 때는 혓바닥의 자극이라도 갈구하게 되는 것 같다.

정갈한 음식으로 끼니를 충족하는 것 이상을 바랄 때 번뇌가 생긴다. 특히 유행하는 음식들은 나 같은 사람에겐 좀 위험하다. 대개 자극적인 것들인데 먹고 나면 배가 많이 아프기 때문이다.

이런 증상은 아주 어릴 때부터 있었으니 체질이라고 불러도 무방할 것 같다. '고통은 매번 끝이 있긴 했어.' 이 깨달음을 나는 일찍이 변기통 위에서 얻었다. 거실에서 아홉 시 드라마가 한참 전개 중인데 배가 아파 화장실에서 한참 끙끙대는 날이 이따금 있었다. 그런 때면 '아, 산고가 이런 건가' 하며 진땀을 흘려야 했다.

어느 날 "유레카"를 외치게 되었느니, 그날들에 '라면을 먹었다'는 공통점이 있음을 발견하게 된 것이었다. 설마 오늘도 그럴까 했을 때 예외 없이 고통이 찾아오자 원인을 확신하게 되었다.

생활이 단순하고 무료하던 고등학생 때는 먹는 것 아니면 낙이 없었다. 스파게티 나오는 날이면 급식소로 가는 언덕에 아이들이 양떼 혹은 들소 무리마냥 떼거지로 달려 이동하는 장면을 볼 수가 있었다. 그러다 누군가 엎어지는 일도 한 번씩 생겼다.

물론 개중에 나도 있었다.

신나게 먹을 때는 참 좋은데 오전 일곱 시 반부터 오후 열한 시까지 온종일 허리를 꽉 죄는 교복 치마를 입고 앉아 있어야 하니 소화가 제대로 될 리 없었다. 배 속이 빵빵하고 숨이 갑갑한 채로 몇 시간을 보내고 나면 또다시 급식 시간. 그래도 밥만큼 자극적인 게 없으니 식사를 포기할 순 없었다.

고등학교를 졸업하고 서울에 오니 신기한 먹거리가 얼마나 많던지! 엄마의 부엌과 학교 급식실에 없던 조미료의 맛, 생전 보지 못한 새로운 요리들을 열심히 탐하러 다니느라 통통하게 살이 올랐다.

절정의 시기는 중국 유학 시절이었다. 책상 다리와 비행기 날개 빼고는 다 먹는다던가. 참으로 신세계였다. 교내 식당에 가면 벽면 전체가 온갖 요리로 둘러져 있었고, 바깥 식당에 나가면 한자로 빽빽한 메뉴판에 음식 이름이 끝도 없이 적혀 있었다. 생소함의 턱을 살짝 넘기만 하면 먹을 것이 무궁무진했다.

가리지 않고 즐기다보니 20대 내내 배 속이 무탈한 적이 없었다.

빈속에 커피를 마신 어떤 날에는, 위장이 벌건 수박이고 누군가 숟가락으로 그 속살을 벅벅 긁어 파내고 있는 것 같았다. 장이 뒤틀리고 꼬이는 날이면, 뱃가죽을 열어 안에 있는 모든 것들을 툴툴 털어 볕에 한 번 말리고 가지런하게 다시 배열하는 상상을 했다. 병원에 가도 해답을 얻을 수 없었다. 아픈 배를 어루만져주는 게 애인의 큰 역할 중 하나였고 동생은 매번 "너님 속은 생기다 말았냐" 했다.

직장에 다니자 상황이 더 심각해졌다. 이따금 '배 속 상의 사유'로 일을 할 수 없는 지경에 이르게 된 것이다. 회사 앞 내과에 울며 기어가다시피 했다가 별 도움 받지 못한 적이 여러 번이다. 건강검진으로 위와 장을 탈탈 털어봐도 소득이 없었다.

만으로 서른한 살이 되던 해, 이제는 직접 고삐를 쥐어보겠다고 결심했다. 일을 줄이고 몸 상태를 유심히 살폈다. 처음으로 몇 달간 술도 끊어보았다. 하지 말란 것을 다 안 하는 때는 신기하게도 아프지 않다는 걸 알게 됐다.

찬 것, 매운 것, 술, 유제품 먹지 않기. 적당한 운동과 충분한 잠. 충분한 수분을 섭취하되 밥과 물은 간격을 둘 것. 불편한 옷 입지 않기. 여기까지는 비교적 지키기 쉬운 것에 속한다. 내가 쓴 기사 읽고 자괴감에 빠지지 않기, 마감을 앞두고 취재원이 전화를 안 받아도

스트레스 받지 않기 같은 것은 달성하기 어려운 목표다. 시기에 따라 충족이 아예 불가능한 요건도 있기는 있다. 예컨대 생리 중이 아닐 것.

위와 같은 것들이 중요하다는 말을 이전에도 귀에 딱지가 앉도록 들었지만 그땐 하나도 들리지 않았다. 무엇 하나 포기할 생각이 없었기 때문이다. 금욕적인 삶이란 상상도 하기 싫은 것이어서, 차라리 불편을 끌어안고 사는 편이 낫다고 여겼다.

도저히 더는 물러날 곳이 없다고 느꼈을 때는 생활도 관계도 이미 많이 망가져 있었다. 의욕은 앞서는데 몸은 따라주지 않으니 늘 신경이 곤두서고 뭘 해도 만족스럽지가 않았다. 일이 바쁘다는 핑계로 가까운 이들에게조차 시간을 내지 않았는데, 돌이켜보니 없던 것은 시간이 아니라 심적 여유였다.

배 속의 안녕은 몸뿐만 아니라 마음까지 좌우하고 있었다. 화장실에 가고 싶을 때 배가 살살 아파오는 긴장감, 그것을 달고 산다고 생각해보라. 불안해서 배 아픈 것이 아니라 배 아파서 불안한 것이다. 몸은 이토록 예민한데 머리는 '무디게, 더 무디게'를 지시하면서 무엇이든 먹을 줄 알아야 한다고, 버텨낼 수 있어야 한다고 강요해왔으니.

요즘 뇌와 장이 밀접하게 상호 소통한다는 것을 보여주는 연구 결과가 많이 소개된다. 정신의학과 의사인 전홍진 교수는 《매우 예민한 사람들을 위한 책》에서 한 꼭지를 할애해 나처럼 소화기관이 예민한 사람들에게 조언을 건넸다. 그에 따르면 자폐증 등의 정신질환도 장과 관계가 있다는 연구 결과들이 나오고 있다고 한다. 실제로 예민하거나 우울증, 불안장애가 있는 사람이 기능성 장 질환, 과민성 대장 증후군을 앓는 경우 역시 매우 흔하다고 한다.

그의 설명을 들어보니 장은 뇌가 시키는 대로 수하 노릇만 하는 게 아니라 뇌로 직접 신호를 보내 적극적으로 의견을 개진하는 기관인 것 같다. 장이 "제2의 뇌"라는 신경생리학자 마이클 거숀의 말이 언론에 심심찮게 오르내리는 걸 볼 때마다, 갖은 유산균 제품을 팔아먹으려는 제약회사의 농간인가 싶었는데 꼭 그런 것만은 아닌 것 같다.

변화를 결심한 후 잦아진 것은 뭔가를 거절하는 일이다. "커피?" "저는 패스할게요." 대체로 우리는 뭔가를

집단적으로 하는 데 익숙하다. 배 속 사정은 제각각 다른 데도. 같은 것을 한 냄비에 부글부글 끓여 먹고 일어나서 곧바로 카페로 향해 같은 종류의 커피를 마신다. 내 몸은 지금 티타임을 원하지 않는데도!

무엇보다 나는 엄마, 나를 먹이려는 엄마를 많이 실망시켜야 한다. 어쩌겠는가. 크고 넓은 엄마의 그릇과 달리 나의 그것은 "밴댕이 소갈딱찌" 같은 것을…… 무엇을 먹으면 끝까지 먹고, 큰 콩알을 채운 다음 조 알갱이를 부어넣는 기분으로 먹고 또 먹는 게 우리 집 문화였으나 소화력엔 제각각 차이가 있었으니, 나는 배는 작은데 많이 먹는 사람으로 성장해온 것이다. 먹성 좋은 척을 하다 만성적 소화불량의 역사가 쌓이고 쌓여 지금의 내가 되었다고 할까.

요가를 꾸준히 한 것도 소화기관의 여러 증상을 줄이는 데 큰 도움이 되었다. 이전에 복부가 졸리는 옷을 입었다가 큰 복통을 경험한 적이 여러 번 있었던 나는, 배를 압박하는 것이 나쁘다고 생각하고 배에 힘을 주는 것을 경계했었다. 근육을 '푹' 풀어두고 지내는 것이 예민한 나의 소화기관을 위하는 길인 줄 착각했던 것이다.

알고 보니 장기 기관들은 단단하게 조인 근육 속

에서 제자리를 찾을 때 훨씬 편안해하고 일도 활발하게 잘하는 것 같다. 뱃거죽을 등쪽으로 쭉 당겨 배 속 근육을 많이 활용하는 요가의 움직임 덕분에 이전에 잘 못하던 트림도 썩 잘하게 되었다. 구부러졌던 등과 허리를 펼 줄 알게 된 영향도 있을 것 같다. 갈 곳 모르고 장기 속을 돌아다니던 공기를 쭉쭉 쥐어짜 빼낼 수 있게 된 느낌이다. 동작을 취하면서 숨을 고르는 습관이 일상에도 묻어나와 자주 초조하고 불안하던 마음도 많이 가라앉았다.

'지금입니까?' 요즘은 먹을 때와 안 먹을 때를 몸에 물어 답이 '탁탁' 나오는 상태를 지향하고 있다. '아니, 모르겠는데.' '먹어도 안 먹어도 그만이야.' 이런 답만 돌아온다면 어딘가가 마비된 것이다. 이때는 균형점을 찾기 위해 부단히 애써야 한다. 술을 너무 자주 마시지 않았는지 돌아보고 요가도 해야 하고 달리기도 해줘야 한다.

그야말로 속을 모시고 사는 지경이다. '제가 무엇을 잘못하였습니까, 흑흑……' 배 속에서 답을 아니 주시는 정도가 아니라 화를 내시는 날이면, 방만했던 지난 며칠을 돌아보곤 한다. 뭐 이렇게까지 살아야 하나 생각하는 사람도 있겠지만, 책상 앞에서, 카페에서, 아픈 배를 부여잡느라 허리 못 펴던 쭈구리한 나를 생각하면, 이편이 훨씬 나은 것 같다. 배 속이 평화로울 때 머리가 얼마나 맑은지 경험하고 나니 그 전으로 다시는 돌아가고 싶지 않다.

고기를 안 먹는 것은 속을 편하게 하는 데 확실히 도움이 되었다. 무엇보다도 고추장 발라 바짝 구운 닭발이라든가, 마늘, 부추와 함께 구운 소곱창 같은 것을 더 이상 야식으로 삼을 수 없게 된다. '고기를 줄여야지' 할 때는 보상 심리에 자꾸 '에라 모르겠다, 오늘만 먹자' 하게 되었는데, 아예 끊기로 선언하니 그럴 수가 없게 되었다. 헛헛한 마음을 위해 먹는다며 몸에 화풀이를 하던 오랜 습관을 고칠 수밖에 없게 된 것이다.

배 속의 사정은 오로지 자기 자신만 안다. 누구에게 미주알고주알 털어놓을 수도 없는 일이다. 나도 분명 누구에게 이건 왜 안 먹느냐, 저건 왜 싫어하느냐 하는 말을 해본 적이 있을 것이다. 남의 속을 마음대로 넘겨짚지 말자고 매번 다짐을 하는데도 '아차' 싶을 때가 생긴다.

무엇을 먹고 무엇은 안 먹을지, 언제 먹고 얼마나 먹을지 정하는 건 오로지 자신의 몫이다. 공이 드는 일이고, 노력해서 기준을 만들어야 한다. 눈치 보지 않고 소신껏 내 속을 챙기는 태도가 기반이 되어야 남의 속도 제대로 배려할 줄 알게 될 것 같다.

3

나메살따구 말고

: 즐거운 상상과 무한한 가능성

무엇이 걱정인가, 바게트가 있는데

○○제과 유리 벽 뒤에 항상 그 빵이 쌓여 있었다. 누렇고 투실하게 부풀어 반질반질 윤이 났다. 지나갈 때마다 달콤한 맛을 상상하며 군침을 흘렸다.

어느 날 동네 친구와 누렇고 큰 그 빵에 대해 얘기하게 됐다. "야, 바게트 먹고 싶다." "나도 나도! 진짜 맛있는데!" 나는 눈으로만 본 그 빵을 먹어본 체했다. 다음에 같이 사 먹기로 하고 헤어졌다.

빵은 귀한 음식이었다. 누군가의 생일 때나 맛볼 수 있었다. 케이크 대신 딸기잼과 크림이 발린 맘모스빵을 사와 불을 붙였다. 다른 빵은 거의 먹어본 적이 없었고 사달라고 조르지도 못했다.

우리는 각자 돈을 준비해와 같은 빵을 하나씩 손에 넣었다. 800원. 가격이 아직도 기억에 남아 있다. 직접 빵을 사는 것은 아마 그때가 처음이었을 것이다.

기대에 부풀어 빵에 손을 댄 나는 곧바로 실망했다. 파삭 부서져 입안에서 사르르 녹을 것처럼 생겼던 이 빵은 겉이 몹시 질겨 잘 뜯어지지조차 않았고 속은 그야말로, 아무 맛이 안 났다.

"이게 뭐야……"

"원래 이런 맛인데?"

친구는 빵을 맛있게 뜯어 먹으며 말했다. 나는 집

짓 고개를 갸우뚱거리면서도 거짓말을 들킨 것 같아 속으로 몹시 민망했다. 나중에 빵집에서 일을 해보니 내가 물엿쯤 될 것으로 상상했던 표면의 그 윤기는 계란물을 발라서 내는 것이었다.

제대로 된 바게트를 처음 맛본 것은 아마 런던의 빵집에서였을 것이다. 이 빵 이름을 내건 국내 한 프랜차이즈의 그것과는 차원이 다른 맛이었다. 고장 난 전기밥솥에 묵은쌀로 안친 밥과 일 잘하는 압력밥솥에 햅쌀로 지은 밥의 차이라고 할까. 맨 빵을 씹는 것이 이렇게 즐거운 일인 줄 처음 알았다.

바게트는 밀가루, 물, 소금, 이스트로 만든다. 우유와 계란은 들어가지 않는다. 이 사실을 처음으로 알게 됐을 때 나는 내가 우유가 든 빵을 별로 안 좋아해왔다는 것을 깨달았다. 결대로 찢어지는 우유식빵의 보드라움이 생각나는 날이 아주 없다면 거짓말이겠지만, 그 보드라움이 입속에 들어가 질긴 식감으로 변하는 것보다 뻣뻣하고 거친 빵이 입안에서 고슬고슬하다 촉촉해지는 편을 나는 선호하는 것 같다.

부드러운 빵은 입안에서 너무 빨리 사라져버린다. 열량은 높은데 기쁨은 짧고 배도 금방 꺼진다. 브리오슈처럼 반질하게 계란물이 발린 종류도 별로다. 달걀 비린내 때문이다. 이 냄새가 코에 훅 끼치면 이다음에 혓바닥에 닿는 빵이 아무리 보드랍고 달아도 맛을 즐길 수가 없다.

담백한 바게트는 지금 내가 제일 좋아하는 빵이다. 바삭한 겉면은 씹을수록 고소하고, 살짝 탄 부분에서 나는 쌉싸름한 맛은 짭조름한 소금기와 조화를 이룬다. 버터나 잼을 발라 먹어도 좋지만, 질 좋은 올리브유에 푹푹 찍어 먹으면 더 좋다. 먼저 입안에 풀 냄새가 환하게 퍼지고, 바삭한 겉면을 좀 씹고 나면, 기름에 적셔져 부들부들해진 빵이 혓바닥 뒤쪽을 거쳐 목구멍으로 부드럽게 넘어가면서 충만한 고소함을 선사한다.

영국으로 떠나기 전, 나는 전국 구석구석을 점령한 프랜차이즈 빵집 파리바게뜨에 대해 큰 불만을 품고 있었다. 처음엔 이곳 빵이 ○○제과 것보다 다채롭고 맛있는 줄로 알았는데, 파리바게뜨 것만 계속 먹다보니 새로운 메뉴가 나와봐야 그 맛이 그 맛임을 알게 되었다. 문어발식으로 우후죽순 생겨나면서 동네 빵집을 거의 다 밀어내버려서 다른 맛을 찾기도 쉽지 않았다.

15개월 만에 한국에 돌아오니 그새 세상이 변하고 있었다. 젊은 자영업자들이 혼을 담아 빵을 내놓는 작은 가게가 동네 곳곳에 생겨나고 있었던 것이다.

다시 취업준비생이 된 내가 살던 빌라의 반지층에도 그런 빵집이 있었다. 밝고 예쁜 이 가게가 생겨 구석진 골목의 빌라가 저녁에도 어둡지 않았다. 여기서 빵을 구워내던 사장님을 나는 무척 좋아했고 남몰래 '빵 언니'로 불렀다.

그의 세심함과 정성이 담긴 빵으로 많은 끼니를 대신했다. 원래 회사 생활을 하던 그는 '내 가게'를 너무 가지고 싶어서 집에서 빵을 독학하면서 창업을 준비했다는데, 만드는 빵마다 놀랍도록 맛있었다. 아침에 커피를 사면 재생지로 만든 누런 컵홀더에 검은 매직으로 "히믈래요"(힘을 내요) 하고 글씨를 써주곤 했는데, 지금도 나는 그 응원 덕에 취직을 할 수 있었다고 믿는다.

내내 최상급 재료를 고집하던 그는 큰길에 저가로 빵을 파는 가게가 들어서자 눈에 띄게 초조해했다. 가격 경쟁력이 없어 손님이 떨어지는 것 같다고 걱정하더니 결국 재료를 바꾸고 빵값도 낮추었다. 빵 맛이 변해 무척 아쉬웠지만 내색은 하지 않았다. 그 사실을 누구보다 잘 알고 마음 아파할 사람은 빵 언니였을 테니까.

밤이 깊었는데 여전히 가게에 불이 켜진 어느 밤이었다. 새벽부터 일하느라 다섯 살 난 딸의 얼굴을 거의 못 본다며, 이렇게 잘 못해줄 거면 낳지 말 걸, 딸한테 너무 미안하다는 말을 할 때 빵 언니의 눈에 눈물이 그렁그렁하던 게 잊히지 않는다. 얼마 못 가 빵집은 결국 문을 닫고 말았다.

이제는 연락이 되지 않지만 나는 빵 언니가 그 좋은 솜씨와 따뜻한 마음으로 지금도 어디에선가 많은 사람들에게 기쁨을 주고 있을 거라고 믿고 있다.

이런 분들의 노력에 빚져 일상을 버텨낼 즐거움을 얻어왔다. 유행하는 맛집이라고 찾아갔다가 실망하는 경우도 있지만 조그만 가게에서 정성이 담긴 빵을 만나 감동하는 때도 적지 않다. 온갖 특색 있는 빵을 맛보다 보면 좁은 땅덩이에 복닥복닥 모여 유행이란 유행은 다 따라잡고 치열하게 살아가는 사람들이 참 대단하다는 생각이 들기도 한다.

요즘은 제대로 된 바게트를 파는 가게도 꽤 많이 생긴 것 같다. '우유와 달걀을 완전히 끊으면 빵과 디저트는 어떻게 하지' 생각했던 적이 있었다. 이제는 아니다. 바게트가 있는데 무슨 걱정인가. 게다가 채식을 선언하는 사람이 늘어나면 늘어날수록 창의적이고 솜씨 좋은 분들도 어디선가 자꾸자꾸 나타나서 내가 이전에 먹던 빵보다 훨씬 맛있고 건강한 비건 빵과 디저트를 척척 내놓으실 게 틀림없으니 말이다.

대방어와 고통 없는 밥상

나는 종일 방어에 대한 욕망에 사로잡혀 있었다.

딱히 방어를 좋아해온 것은 아니다. 우럭과 숭어, 광어가 기가 막히게 맛있다고 생각해본 적은 있어도 방어에 대해서는 그런 기억이 없었다.

나와 주변인의 형편이 좋아져서인지 유행을 타서인지 몇 해 전부터 날만 쌀쌀해지면 방어를 찾는 사람들이 많아졌다. 덩달아 몇 번 먹어봤으나 그 맛이 그 맛이어서, 방어 맛을 나만 모르나 싶은 소외감이 들 정도였다.

코로나19 확산으로 미루고 미뤄온 각종 모임이, 확산세가 살짝 수그러들 기미를 보이자 하나씩 다시 잡히던 때였다. 결혼식이 코앞에 닥친 사람들 마음이 특히 급했을 것이다.

잡아둔 모임 날이 가까워 오자 예비 신랑인 S가 카톡을 띄웠다. '어디가 편하려나?' 또 다른 예비 신랑 D가 제안했다. '방어회?' S가 흔쾌히 대방어 맛집을 알아보겠다고 했다. 나는 잠시 망설이다 반대의 뜻을 펼치지 않기로 했다. 고기는 끊었지만 어차피 생선은 계속 먹었잖아. 제철 음식이라는데 청첩 모임 핑계로 나도 한번 먹어보자. 빈틈을 주었더니 이를 놓칠세라 육욕이 자리를 꿰차고 들어온 것이었다.

금요일 퇴근 시간을 앞두고 자꾸 시계를 보게 되었다. 오랜만에 친구들을 본다는 기대감에 불순한 기름기가 껴 있었다. 간만에 '나메살따구'를 영접할 생각에 설렜던 것이다.

노량진역에 내려 새로 정비된 수산시장으로 향했다. 날은 진작 저물어 컴컴했다. 스산한 통로를 지나 큰 건물의 문을 열고 들어서니 온통 형광등이 밝아 낮처럼 환했다.

철은 철이었다. 수족관마다 몸길이가 내 팔 한 짝 길이를 훌쩍 넘는 푸르딩딩한 큰 물고기들이 생의 마감을 기다리고 있었다. 배 한 귀퉁이만 떼어내진 채로 얼음 위에 전시된 녀석들도 있었다.

가게에 당도하니 손님이 북적였다. 수족관에 든 방어 세 마리가 머리와 꼬리를 좌우로 흔들어댔다. 그래 봐야 몸 한번 뒤척일 공간이 나오질 않았다.

뻐끔, 뻐끔. 방어의 얼굴이 내 쪽을 향했다. 예기치 못하게 방어와 마주 보게 된 나는 몹시 당황했다. 이런. 산소를 들이켜는 그의 입속이 훤히 보였다. 큰 눈이 나를 보며 뻐끔, 뻐끔. 여긴 대체 어디야. 너무 답답해. 나 좀 꺼내줘.

직원은 곧 나를 2층의 어느 초장집으로 안내해주

었다. 엘리베이터를 타고 올라가는 동안 수족관을 깨부수는 상상을 했다. 와장창 유리가 깨지고 물이 쏟아져 나올 것이다.

그 짧은 순간에 돈 생각도 했다. 저게 다 얼마야. 그리고 물고기들은…… 타일 바닥에서 퍼덕여댈 것이다. 고개를 휘휘 저었다. 나는 저것들의 살을 탐해 여기에 온 것이다.

먼저 온 S가 나를 반가이 맞아주었다. 랩으로 잘 포장된 커다란 방어회 접시가 우리 앞에 놓였다. 빼끔, 빼끔, 그 친구의 동료가 한입 크기의 가지런한 살이 되어 접시에 놓여 있었다. 듣던 대로 두툼했다. 나는 내가 이것들을 입에 넣을 줄 알고 있었다. 그러니까 하루 종일, 이 살을 씹을 생각을 너무 많이 했다.

D까지 도착하자 나는 마스크를 벗고 접시 위의 방어를 당장 없애버릴 기세로 먹기 시작했다. 우리 셋에게 공통점이 있다면 말이 많다는 것일 텐데 나는 이날 말수가 적었다. 두 사람이 빠른 말로 결혼 앞둔 신랑의 고충을 털어놓고 또 맞장구치는 동안, 나의 입은 말없이 바빴다.

간장에 찍어 먹고 생와사비를 올려 먹고 콧구멍에서 시작해 정수리를 뚫고 나가는 '찡함'이 찾아오면 눈물 좀 닦아내다가 이번엔 마늘 섞은 쌈장에 찍어 먹어보고 초고추장에도 찍어서 먹어보고 좀 느끼하다는 생각이 들면 소주잔에 사이다 한 잔 부어 털어 삼켰다. “오빠, 오빠는 나랑 술 먹으면 진짜 술만 먹으러 나와요?” 용기 못 내고 철벽 치던 D를 훅 찌르고 들어온 예비 신부의 한마디. “야 D, 너 장인어른 처음 만날 때 어떻게 했어, 우리 같은 ‘투 머치 토커’들은 열 마디 하고 싶을 때 한 마디만 하라잖아. 나는 그래도 두 마디 정도는 한 거 같은데.” S의 말. 둘이서 인생의 중대사를 이야기하는데 나는 방어의 눈빛을 쫓아내려 저작 활동에 집중하느라 거의 얼이 빠져 있었다. 표정도 밝지는 못했을 것이다. 귀한 시간을 내 자리를 마련한 친구들에게 좀 미안한 마음이 들었다.

숨 가쁘게 씹어 삼킨 방어살은? 맛있었다. 그런데, 안 먹어도 살 수 있는 맛이었다.

날이 몹시 추웠다. 두 친구와 시장을 빠져나와 주머니에 손을 찔러넣고 노량진역을 향해 걸었다. 모두와 헤어져 집으로 가는 길에 나는 울적했다. 입을 뻐끔거리는 방어가 잊히지 않았다. 어제 먹은 잔치국수 국물에 희생된 숱한 멸치는 괜찮고 커다란 방어는 안 괜찮냐. 초밥집에 가지런히 썰려 나온 참치는 안 만났으니 괜찮고 방어는 얼굴 봤으니 안 괜찮냐. 하찮은 인간. 네 지각 능력의 한계 안에서 고통을 나누어 가르고 감상에 빠져 뭐 하는 짓이냐.

이렇게 생각해봐도 수족관이 너무 끔찍하다는 사실을 부정할 수 없었다. 얼마나 황당할까. 넓은 바다를 헤엄쳐 다니다가 하얀 형광등 불빛 아래 갇힌 신세가. 뻐끔, 뻐끔. 물 밖으로 뛰쳐나갈 수도 없고. 아우슈비츠와 다를 게 무엇인가.

윗배에 수박 덩어리가 든 기분으로 뒤뚱뒤뚱 집에 가는 나의 뒷모습을 바라보는 내가 몹시 부끄러웠다. 방어는 이불에 누운 내 머리맡까지 따라와 물었다. 정말로 우리를 이렇게 대해야 하겠느냐고.

토요일인 이튿날은 '채개장'을 만들러 가기로 되어 있었다. 육고기를 넣지 않고 나물과 버섯을 넣어 끓인 얼큰한 국물 요리를 '육개장'에 빗대 이렇게 부른다고 했다. 《평화가 깃든 밥상》을 쓴 문성희 요리연구가가 칼칼한 이 국 끓이는 법을 알려준다니 몹시 궁금했다.

전부터 고기 안 쓰는 요리를 배우고 싶다는 생각

을 해왔다. 세상에 먹을 것이 무궁무진한데 동물성 재료가 빠진다고 맛이 없을 리 있겠는가. 다만 해볼 기회가 적었던 것이니, 보고 배워 잘 먹고 잘 살아갈 방도에 대한 실마리를 찾고 싶었다.

연희동에 위치한 볕 잘 드는 2층 공간에 부엌이 있었다. 들어서는 이로 하여금 몸가짐을 돌아보게 하는 소박하고 정결한 공간이다.

"채식을 지향하는데 맛있는 건 먹고 싶어 왔다" 하니 문 선생님이 몹시 반기며 "채개장과 두부 추어탕만 있으면 겨울을 날 수 있다" 한다. 겨울철마다 한 솥씩 끓여놓고 드신다고. 아, 좋다.

육수 대신 둥굴레, 오가피, 감초, 구기자 따위를 우려 국물에 쓴다. 고추기름을 만들 때는 현미유에 생강을 썰어 넣고 팔팔 끓여 한 김 빼서 고춧가루를 푼다. 건더기는 걸러도 그만 안 걸러도 그만. 생강 건더기를 씹어보니 더없이 향긋하고 고소하다.

요리 시연이 끝나고 영양이 듬뿍 든 내 몫의 밥을 받아든 나는 너무 행복하다. 무엇보다 이 밥상엔 고통이 없다. 방어의 살이 아무리 맛있어도, 빼끔대는 방어의 눈과 입을 본 나는 몸이 굳어 그것을 제대로 소화할 수가 없었다.

숙주며 양배추 같은 것을 살짝 익혀 고추기름을 뿌리니 중화풍의 꽤 자극적인 요리가 된다. 맥줏집을 운영하는 수강생은 이 음식을 맛보고 "차돌박이숙주볶음을 대신하기에 충분하겠다" 했다. 요즘 동물성 재료 안 쓴 안주를 찾는 손님이 늘어 채식 요리를 배우고 있다고 한다.

알토란이 이런 맛인 줄도 처음 알았다. 끈끈하고 쫀득한데 간이 잘 배었다. 표고와 녹두는 왜 이렇게 잘 어울리는지. 사과를 갈아 만든 양념을 사과에 뿌려 루콜라와 먹으면 또 왜 이렇게 향기로운지.

오늘의 주요리 채개장은? 토란 줄기와 취나물, 숙주 따위가 엉긴 것을 씹어 꿀꺽 삼킬 때의 이 맛! 고기와 이것 중에 하나만 택하라면 나는 당연히 이쪽을 택할 것이다. 국물 한 모금 남기지 않았다.

다 먹고도 속이 무척 편안했다. "매일 먹는 밥이 독이 아닌 보약이어야 한다"고 문 선생님이 말했다. 집에서 귀에 못이 박히도록 듣던 그 얘기다. 엄마가 고루한 옛날 사람이라고만 생각해왔는데, 30년 넘게 살아보니 이제 그 말씀이 다 맞는 것 같다.

문 선생님은 "얼굴을 아는 농부에게 농산물을 사라"고 조언했다. 식재료를 "도시 소비자로서가 아니라 공동의 생산자로서" 대해야 한다고. 그래야 깨끗하고 힘 있는 먹거리를 계속 만들어낼 수가 있다고.

나는 집에 가서 직접 끓인 채개장을 가족들에게 대접해보기로 했다. 외가에서 보낸 흑염소를 나만 안 먹는다고, 그 보약을 못 먹어서 어떻게 하느냐고 걱정하는 엄마도 내가 이런 것을 해 먹는 걸 보면 아마 안심할 것이다.

우리는 누구를 대접할 때는 피를 봐야 한다는 고정관념 속에서 사는 것 같다. 결혼식장에선 스테이크를 장례식장에선 고깃국에 편육을 내놓는다. 나도 이로부터 자유롭지 못하다. 동물의 살결 그 자체가 주는 기쁨보다 더 나은 것을 선사하는 부담을 지는 게 어려우니까.

하지만 어쩌면 겉으론 티를 내지 않는 모두에게 조금씩의 고충이 있는 건 아닐까. 눈 딱 감고 맛있게 먹자면서도 마음 한편이 불편한 사정 말이다. 다이어트 중인데 어쩌지, 혈당이 오르면 어쩌지, 이것 먹고 지병이 도지면 어쩌지. 아, 오늘은 잔칫날이니까 눈 딱 감고 먹어야지, 차려준 사람한테 실례야.

기름 좔좔 흐르는 성찬을 기대하고 잔치에 오는 사람도 분명 있을 것이다. 그러나 몸에도 좋고 마음에도 좋은 선택지가 있다면, 실망하는 사람 몇 명쯤 있더라도 모두에게 나은 것을 택하는 쪽이 낫지 않을까.

나는 이제 다른 상상을 해보기로 한다. 집에 놀러 오는 사람에게 맛있는 두부 요리를, 혹은 병아리콩으로 만든 후무스를, 따끈한 채개장을 대접할 수 있을까?

그러기 위해 되는 대로 부지런히 부엌에서 시간을 보내려고 한다. '엄마처럼 주방에나 붙어 있는 사람이 된다고?' 몇 년 전의 내가 들었다면 절레절레 고개 흔들며 몸서리를 쳤을 것이다. 이제는 아니다. 먹을 것을 스스로 마련할 줄 아는 게 얼마나 중요한 일인지 알게 되었으니까.

흑염소와 채개장

초겨울 볕이 따뜻하고 나른하다. 별 근심 없이 이렇게 좋은 날이면 다른 이들은 어떻게 살고 있나 괜히 걱정이 된다.

행복한 순간에 근심을 만드는 이런 습관은 아마 엄마한테 물려받은 것 같다. 따뜻한 방에 들어앉으면 '집 없는 사람 우야노', 잘 먹고 배부르면 '못 먹는 사람 우짜노' 하는 게 엄마의 오랜 말 습관이다. '요즘 세상에 밥 굶는 사람이 어디 있느냐'고 말실수를 했다가 엄마한테 혼난 적도 여러 번 있다.

큰외삼촌이 지난 주말 영천을 방문한 부모님께 흑염소를 들려 보냈다. 달인 것이 아니고 날것이었다. 커다란 스티로폼 상자에 살과 뼈, 가죽과 내장이 고루 들어 있었다. 엄마는 밤이 늦도록 그것을 해체해 소분하고, 솥에 골 것은 따로 내어 핏기를 빼려 물에 담갔다. 염소의 갈비통이 꽤 커서 가장 큰 솥에도 폭 잠기지 않았다. "여자한테 진~짜 좋다는데 니는 이것도 못 먹고." 내가 먹지 못하는 걸 엄마가 무척 아쉬워했다.

고기를 끊은 지 이제 꼭 열 달이 되었다. 처음 한두 달은 약간만 피곤하거나 어지러워도 '다시 고기를 먹어야 하나' 생각이 들었는데, 요즘은 언제 이런 적이 있었나 싶을 정도로 몸이 개운하고 머리가 맑다. 고기도 순대도 안 먹으니 빈혈이 생길까 지레 걱정을 했는데, 고기 끊고 7개월 차에 받은 건강검진에서 철분 수치가 오히려 올라 깜짝 놀랐다.

가공식품 덜 먹고, 여러 가지 곡식과 풀로 풍성하게 식단을 구성하려고 노력한 보람이 돌아오는 건가? 혹시 코로나19 확산으로 약속이 다 취소되어 술을 줄인 덕분은 아닐까. 아무튼 영양 문제로 고기를 다시 먹어야겠다는 생각은 조금도 들지 않는다.

어릴 때 엄마가 솥에 개를 삶는 것을 여러 번 봤다. 누군가 아플 때였다. 추어탕을 끓이려고 미꾸라지에 소금 치는 것도 보았다. 작은 미꾸라지들이 바구니 안에서 미친 듯이 퍼덕였다. 나중에 수산시장에서 본, 뜨거운 소금 위에서 풀쩍풀쩍 뛰는 새우들 모습과 비슷했다.

엄마는 전생에 소가 아니었을까 할 만큼 나물을 좋아한다. 서울로 옮겨와 처음 맞았던 지난가을엔 자전거를 끌고 나가 망원시장을 누비며 우거지를 말 그대로 쓸어 담아왔는데, 쌓인 무더기가 과장을 좀 보태면 주방 천장에 닿을 지경이었다. 그것들을 다듬고 삶아내며 엄마는 연신 "내사 우거지마 잇시마넌 부자다, 던던(든든)~하다!" 하는 것이었다.

어릴 적 밥상엔 고기가 잘 없었다. 질 좋은 고기를 자주 살 형편이 못되어서이기도 했겠지만 엄마가 고기 자체를 별로 안 좋아한 덕도 컸을 것이다. 엄마가 기름이 줄줄 흐르는 고기에 질색을 했기 때문에 삼겹살은 구경도 할 수 없었고, 질긴 폐계를 푹 고아 기름을 걷어낸 백숙과 여기에 우거지를 넣고 벌겋게 끓여낸 닭개장이 그나마 우리 집에서 흔한 고기 요리였다. 그래도 채소와 생선, 과일이 언제나 풍성해서 '고기 반찬을 해달라' 조른 기억이 내게는 없다.

그런 엄마도 나이가 들면서 단백질 강박이 생겼다. TV를 보고 '노인들은 고기를 먹어야 한다'거나 '젊은 애들은 고기를 먹어야 한다'면서 최근 몇 년 부쩍 고기를 사다 날랐다.

"우짜꼬, 내려오마 어차피 다 고기 되는 거를……" 지난여름 큰 홍수가 났을 때, 물을 피해 축사 지붕에 올라간 소들을 TV에서 보고 엄마는 한동안 소고기를 사지 못했다. 엄마 어릴 적 영천 집에는 소 한 마리가 있었는데, "얼마나 일을 잘하고 순했다"고 한다. "아이고, 살라꼬 허부적거리고 뭍에 오는 걸 다 총으로 쏘아 죽이고." 부산의 이모네 근처에서 먹을 것을 찾아 바다를 건너던 멧돼지 떼가 사살당한 일을 두고는 이렇게 말한다.

동생은 이런 엄마의 마음을 가끔 놀려 먹는다. "엄마, 돼지도 얼마나 똑똑한데! 돼지 피신하는 것도 보여준다?" 하면, 엄마는 두 손을 휘휘 내저으며 "안 된다, 안 된다, 돼지가 얼마나 영양가가 있는데!" 말한다. 알면 못 먹는다는 얘기다.

엄마는 살아 있는 것은 무엇이든 대체로 가여워한다. 하지만 우리를 먹이기 위한 일, 건강을 위한 일이라고 하면 언제고 자신을 설득해낼 수가 있는 것 같다. 불쌍한 마음을 애써 눌러 모른 척하는 것이다. 평생 그 마음으로 우리들을 먹이고 입혀왔을 것이다.

나는 다르게 해보기로 한다. 엄마의 덕으로 이렇게 잘 컸으니, 이제는 어떤 것들은 안 먹고도 풍성하게 사는 방법을 찾을 수 있을 것이다. 우리 집안에서는 나름대로 개척자가 되는 것이다.

사실 나는 이미 너무 많이 먹었다. 집을 나온 이후로 먹은 게 온통 고기였으니까. 치킨, 돈가스, 삼겹살, 취직한 후론 한우까지, 배부른 소리지만 집 나오니 고기를 구하는 게 더 쉬웠다. 신촌의 술집들 한가운데 살던 5년 동안 한 집 사라지면 고깃집 한 개가 생기는 걸 다 지켜봤다. 남루하지만 특색 있던 오래된 가게가 문을 닫으면 그 자리에 무슨 무슨 치킨 무슨 무슨 삼겹살집이 생겨났다. 망원동 일대로 옮겨온 이후에도 테이크아웃 삼겹살집, 떡갈빗집, 무제한 돼지갈빗집 따위가 끊임없이 생겨나는 것을 본다.

그러니 나의 고기 끊기는 반작용이기도 하다. 식문화가 죄다 살 타는 냄새 풍기고 기름에 전 불판을 독한 세제 콸콸 부어 씻어내는 것으로 점철되어버린 것에 대한. 마음 깊은 곳에서부터 두려웠던 것 같기도 하다. 50년대생 엄마가 평생 먹은 고기의 총량보다 80년대 후반생인 내가 먹은 고기가 더 많을 것 같아서.

언젠가 주말에는 한 솥 끓인 채개장 절반을 덜어 엄마에게 가져다주었다. "이런 거를 다 얻어먹어보고!" 엄마는 이렇게 감탄을 했지만 바로 잡숫지는 않았다. 흑염소탕 먼저 열심히 먹어야 한다나.

약재와 산나물을 넣고 푹 달인 나의 채개장과 엄마의 흑염소탕 가운데 무엇이 더 몸에 좋을까. 말로써 무슨 주장을 해봐야 별 소용이 없을 것 같다. 채개장을 먹은 내가 즐겁고 활기차게 잘 사는 모습을 엄마에게 보여줄밖에.

흥, 내가 맛없는 것 먹고 살 것 같은가

작년 설에 노동조합에서 선물을 주었는데, 한우가 아주 특별히 맛이 있었다고 사내에 호평이 자자했다.

한우 대신 곡물을 선택한 나는 빙긋 웃었다. 고기야 온 식구가 한자리에서 먹고 치우면 그만이었겠지만 곡물은 우리 집에 아직도 쌓여 있다. 율무, 귀리, 녹두, 팥 따위가 얼마나 든든하던지. 동생은 선택지에 한우가 있었음을 알게 되자 "너님 안 먹을 거면 우리라도 먹게 받아오지!" 했으나, 곡식 두둑이 쌓아놓고 엄마도 내심 기뻐하는 눈치였다.

곡물로 먹으면 함께 먹을 수 있다. 가난한 사람도 더 많이 먹일 수 있다. 이 원리는 전 지구적으로 적용된다. 울창한 숲을 밀어 그 자리에 옥수수를 키우고, 그렇게 만든 사료를 먹이고 또 먹여 축사에 갇힌 가축을 키우는 지금의 방식으로 우리 모두 양껏 고기를 먹으면 땅도, 공기도, 물도, 마침내는 우리 자신도 남아나지 않게 될 것이다.

머리로는 이렇게 생각을 하지만, 채식을 하려고 마음먹었을 때 나는 인간이 만든 이 다채로운 문화, 원칙과 융통성, 잔머리와 끼 부림의 종합인 그것, '레시피'를 잃는 것이 솔직히 겁이 났다.

그러나 바꿔 생각해보면, 육식 중심으로 쏠리게

되면서 우리가 외면한, 그놈의 고기에 가려져 저평가된 장구한 역사의 식문화는 아깝지 않은가. 어떤 면에서 채식을 지향하는 것은 짐승을 착취해 돈 버는 자본이 밀어낸 맛있는 것들을 되찾아오는 과정이기도 하다.

게다가 이제는 전 지구적으로 레시피를 공유하는 게 가능하니 얼마나 멋진 일인가. 내 집에서 병아리콩을 후룩 갈아 '후무스'를 태그하면, 모르는 어느 나라 사람이 와서 나의 막요리에 '좋아요' 해준다. 다 같이 지혜를 모아 고통 없는 식탁에서 맛있는 것 먹고 살기 딱 좋은 세상이다.

채식을 시작하면 미식의 기준이 바뀌고 식탁이 뒤집어지는 경험을 하게 된다. 최근에 나는 알록달록한 채소들의 다양한 색깔에 완전히 매료되었다. 영양학적으로도 여러 색깔 채소를 고루 먹는 게 좋다고 한다. 가진 영양분이 다 달라서란다.

게으른 채식 지향인에게 《오늘 조금 더 비건》의 작가 '초식마녀'는 큰 영감을 준다. 네 컷 만화에 담긴 그의 레시피는 몹시 단순하다. 거창한 원칙도 없고 양도 눈대중으로 대충대충, 조리 시간도 대충대충이다. 그런데 이 레시피를 따라 해본 사람들은 하나같이 '진짜 맛있다'고 한다.

어쩌면 그동안 미식에 너무 집착한 나머지 우리의 식생활은 본말이 전도되었던 게 아닐까. 요리란 완벽한 무엇을 만들어내기 위해 하는 게 아니라, 하루하루 건강하고 맛있게 먹기 위해 하는 것인데 말이다.

채식 요리는 '무엇은 어떠해야 한다'를 깨는 것 자체로 내 마음을 너무 시원하게 해준다. 버터와 우유 없이 어떻게 고소하고 바삭한 파이를 만들어내지? 아이스크림의 부드러움은 또 어떻고?

이 무한한 가능성들이 무척 마음에 든다. 이미 촘촘하게 구성된 사회 안에서 그 규칙들을 흡수하느라 꽉 막힌 채로 살아온 나 자신을 위해, 이 가능성들을 놓고 싶지 않다.

한동안 소금 덩어리, 향은 없고 쓴맛만 있는 검은 물, 가공식품, 화학첨가물만 먹고 다니던 나는 명절 때 며칠 엄마 밥을 먹고 나면 연휴 마지막 날에 꼭 세계과자점으로 달려가는 사람이었다. 설탕과 첨가물에 익숙해진 몸이 금단 현상을 호소하는 듯했다. 과자를 입에 넣어주면 '아……' 하고 안심이 되고 배 속에 걸린 무언가가 쑤욱 내려가는 것 같았달까.

요즘에는 이런 증상이 없어졌다. 집밥의 슴슴한 맛에 입을 길들이니 신선한 채소를 데치거나 볶아 간단

하게 간만 해도 너무 맛있게 느껴져서 가끔 황당할 정도다.

나는 이제 노루궁뎅이버섯탕과 양배추스테이크, 배추찜, 쑥버무리를 탐낸다. 탐구할 영역이 널려 있다는 것에 매일 감동한다. 치킨을 보면 생각한다. 이 맛있는 튀김옷 안에 버섯이 있으면 어떨까, 왜 안 될까, 최강의 식감을 개발해내고 싶다, 그런 것이 배달된다면 닭 먹을 이유가 없을 텐데!

인스타그램을 통해 사람들이 여기저기서 영감을 받아 비건 레시피를 창조해내는 것을 구경하면 무척 재밌다. 박막례의 오징어비빔국수 레시피를 응용한 '가짜 오징어국수', 컬리플라워를 잘라 닭봉처럼 만들어낸 '버팔로 컬리플라워윙' 같은 것들. 고기를 멀리한다면서 왜 고기 맛을 따라 하는지 묻는 사람도 있겠지만, 그 또한 인류가 축적한 문화의 일부인데 재밌고 즐겁고 맛있다면 마다할 이유가 무엇인가.

무언가를 더 이상 먹지 않기로 했다면 민망해하지 말고 주변에 널리 알리는 게 좋은 것 같다. 그래야 상대방이 나중에 가서야 '이런, 너는 못 먹는구나' 하고 겸연쩍게 되는 일도 덜 생기지 않을까.

채식을 안 하는 사람과 무엇을 먹으면 좋을지 모

를 땐, 의외로 중식당이 괜찮은 선택지다. 생활권의 중식당에 채소로 된 메인 요리 하나쯤 찜해두고 여럿이 갈 때 시키면 좋다. 최근 내가 애용하는 메뉴는 '표고버섯탕수'와 '마라가지'다.

집에는 두유와 아몬드 밀크, 낫또를 구비해둔다. 아몬드, 캐슈넛, 잣 같은 각종 견과와 올리브유, 참기름, 들기름, 들깻가루를 잘 쓰면 동물성 재료 없이도 기름진 맛을 풍성하게 누릴 수 있다. 우유가 들지 않은 짭짤한 크래커도 좋은 간식이다.

사실 고기 생각이 별로 안 난다. 아무래도 그 맛은 과대평가된 면이 있다. 가끔 돼지고기 생각이 나면 농장에서 구조된 돼지 '새벽이'를 생각한다. 6개월이면 도축됐을 이 돼지를 활동가들이 구해내고 거처를 마련해 1년 반째 보살피고 있다. 그곳에서 흙 파고 뒹굴고 뛰어다니고 볕 쪼이며 생을 누리는 그의 모습을 보면 흐뭇한 미소가 얼굴에서 떠나지 않는다. 이런 돼지를, 오로지 맛을 누리기 위해, 국내에서 2020년 한 해만 183만 마리를 죽였다고 한다. 머릿속이 아득해진다.

기름 넘치는 최상급 소고기를 사서 어떻게 그 값이 안 아깝게 먹을까 고민하는 건 별 재미가 없다. 그런 재료를 안 쓰고, 값싸고 흔한 재료로 어떻게 맛있는 걸 만들어낼까 하는 문제가 더 도전적이다. 창의성이란 무한정의 자유가 아니라 적절한 제약 조건이 있을 때 발휘되는 것 아닌가.

생선이나 고기를 굽는 방법, 온도, 시간…… 여기에 적용되는 정교한 과학을 채소 요리에라고 적용하지 못하겠는가. 나물을 삼는 적당한 시간, 제대로 불리는 법, 참기름과 올리브유의 향을 잘 살려 쓰는 법 같은 것들을 알고 싶다.

아버지가 내게 왜 고기를 안 먹게 되었느냐고 물어보셨을 때, 나는 "불쌍해서요"라고 답했다. 짧고 간결하게, 아버지에게 가장 쉽게 전달할 말을 나름대로 고른 것이었다. 늘 '약육강식'을 이야기하는 아버지에게 어쩌면 이 답이 좀 신선하게 들릴지도 모른다고 생각했던 것 같다.

하지만 실은 나는 죽임당하는 동물을 위해 채식을 결심하지 않았다. 그 결심은 오히려 이런 것이다. 틀린 일인 줄 알고도 계속해서 가담하는 비겁한 자신으로부터 나를 구한다. 적절한 금기로 생활에 활력이 돌게 한다. 내가 먹을 것은 내가 정한다고 선언함으로써 삶에 대한 주도권을 되찾는다. 그리고 무엇보다도, 가벼운 마음으로 맛있게 먹는다!

피드 관리

식탐이 많은 자는 온갖 사물에서 먹을 것을 본다.

오늘은 입고 나온 새 옷이 자꾸 입맛을 다시게 한다. 창백한 흰 색깔이 아이스크림을 떠올리게 해서다. 마우스에 올린 오른손 위 소매만 보여도 군침이 돈다.

오랜 시간 스스로를 관찰한 끝에 나는, 뭔가를 먹고 싶게 되는 데에는 반드시 이런 계기가 있다고 믿게 되었다. 그것은 건물에 들어설 때 훅 끼친 음식 냄새일 수도, 스쳐 지나간 누군가의 손에 들린 종이봉투에 쓰인 음식점의 이름일 수도, 날씨가 꼭 오늘 같던 어느 날 친구와 먹었던 만족스런 한 끼 식사가 불현듯 떠오른 탓일 수도 있다.

식탐 많은 자의 마음 다스리는 법은 이렇다. 점심에 베트남 음식점에 가기로 이미 약속이 되어 있는데 갑자기 낙지볶음이 당긴다. 약속 장소를 바꿀 수는 없고, 어떻게 할까.

나는 검색창을 열어 쌀국수의 사진을 찾아서 잠시 바라본다. 뇌가 뜨끈한 국물과 입술을 후루룩 스치는 면발의 느낌을 집어 올리느라 낙지 이미지를 살짝 내려놓는 게 느껴진다. 어느새 '점심으론 역시 쌀국수가 좋겠네' 생각하고 있다면 성공이다. 식탐으로 식탐을 제압한다고나 할까.

온종일 스마트폰 화면을 보며 살아가는 2020년대의 인류에겐 쉴 새 없이 정보가 쏟아지는 SNS 피드가 생활의 중요한 한 축이 되었다. (너의 페친이 누군지 알려달라, 구독하는 뉴스레터가 무엇인지 알려달라, 네가 어떤 사람인지 맞춰보마!)

생활 습관을 바꾸고 싶을 때는 피드 관리가 필수다. 책 얘기 많이 하는 사람을 페친으로 두면 한 권이라도 더 보게 되고, 운동 영상을 올리는 인스타그래머를 팔로우하면 나도 한번 땀 흘려 집중해보고 싶어진다.

인스타그램 계정은 고기를 끊기로 결심한 후에 처음 열었다. 관련 정보를 얻을 요량으로 '채식' '요리' '비건' 키워드로 게시물을 올리는 이들을 팔로우하기 시작했다. 앱을 열어 피드를 업데이트하면, 현미밥에 된장찌개로 차린 정갈한 한식 밥상부터 갈고 찌고 굽고 조린 온갖 채소 요리의 향연이 펼쳐진다. 모르는 사람을 팔로우할 때는 그 사람의 피드에 삼겹살과 스테이크 사진이 있는지 본다. 그런 사진이 많으면 되도록 팔로우하지 않는다. 고기 폭탄 문화로부터 나를 지키기 위해서다.

인스타그램은 광고에 최적화된 플랫폼이다. 저마다 자신의 즐거움을 사진 찍어 자랑하는 것은 실은 남의 상품 광고를 대신해주는 일이다. 소비문화와 자본주의의 정점에서 일어나는 소통의 현장이라고나 할까.

남의 광고를 내가 대신 해줄 때는 썩 유쾌한 기분이 들지 않는다. 매끈한 사진 한 컷을 위해 음식을 앞에 놓고 식도록 제사를 지내는 일도 그리 마뜩지는 않다.

하지만 '인스타그래머블'한 식사도 채소 메뉴라면 나쁘지 않다. 쓰레기를 줄이는 실천을 담아 홍보하는 것이라면 그 또한 나쁘지 않다. 공유할 만한 가치가 있는 것이기 때문이다. 알지 못하는 사람이 나의 밥상에 '하트'를 누르고 가고, 나도 다른 사람의 밥상을 엿보는 과정에서 우리가 '연결되어 있다'고 느낀다.

지난여름 즈음에는 채식에 관심 있는 회사 동료들끼리 모임을 만들었다. 메뉴판에 빠질 듯이 코를 박고 있다가, 음식 나오면 "맛있다" 연발하고, 먹으며 또 다른 맛있는 것 이야기에 군침 흘리는 모임이다. 한 달에 한 번 비건 음식점에 가는데, 지금까지 콩불고기, 버섯 탕수, 콩으로 만든 함박, 두부김밥, 비건 치즈가 든 라자냐, 우유와 버터 없는 쑥케이크 같은 것을 함께 먹었다.

빛 좋은 개살구, 속 빈 강정 같은 화려한 음식 말고 진짜 정성이 담긴 것을 먹으면 온몸에 온기가 퍼지는 것을 느낄 수가 있다. 채식을 내세운 식당들 음식은 대체로 맛이 깔밋하고도 풍성했다. 아무리 훌륭한 요리를 내놓아도 '에이, 이거 고기 아니야' 하는 사람에겐 맛이 없을 것이다. 열린 마음으로 탐구하고자 하는 사람만이 그 풍성함을 온전하게 누릴 수 있다.

동물에 대한 착취와 환경 파괴라는 거대한 부조리를 개인의 실천만으로 해결할 수는 없다. 다른 많은 문제가 그렇듯 결국은 정치적인 싸움을 거쳐야만 풀 수 있는 문제다. 하지만 그것도 다 매일의 실천이 주는 따뜻함이 있어야 가능한 게 아니겠는가. 이 모든 일이 다른 누구를 위함이 아니라 나를 살리는 일이라는 확신만이 나를 지키고 연대로써 지속 가능한 운동을 도모하는 방법일 테다.

누구를 위하는 삶, 그런 것 함부로 운운하지 말자. 무엇이든지 이 큰 우주의 티끌 하나로 있는 나, 나를 잘 챙기고 살자는 마음으로 하기로 한다.

4

허기와 부름 사이

: 밥값 아닌 밥상을 위하여

배고픔에 대하여

어릴 적 엄마가 동네에 나가서 내가 밥을 안 먹는다고 걱정을 하면 소꿉친구 효은이네 할머니가 이렇게 응수하곤 했단다. "자 똥배를 봐라. 어디를 봐서 안 먹는 아고?"

어른이 되어서도 엄마는 내가 자기 성에 차도록 먹지 않는다고 애를 태운다. 밖에서 이미 많이 먹고 와서, 게다가 막 체중 관리를 마음먹은 참인데, 운동도 하러 가야 하고, 안 먹어야 할 사정이 충분한데도 아랑곳없이 발을 동동 구른다.

"밥을 와 안 먹노! 얼굴은 노랗게 뜨고 몸은 애벼(야위어)가지고!"

"쫌! 내한테 애볐다 하는 사람은 엄마밖에 없다!"

이럴 때 짜증내고 눈물 글썽이는 나는, 영락없는 사춘기 시절의 내 꼴이다. 어쩌면 나이 든다는 것은 모든 시절의 자아를 켜켜이 쌓아두고 가끔 한 번씩 꺼내는, 그런 것일까.

기숙사에 가두어져 책상과 이층침대, 기껏해야 운동장까지가 세계의 전부였던 고등학교 시절, 우리는 치열하게 먹을 것을 갈구했다. 밤이면 순대와 떡볶이, 순살치킨 따위를 배달시켜 끈 매단 바구니에 돈을 담아 산 쪽을 향한 기숙사 방 창문으로 내려 받아 먹었다. 피자가 먹고 싶어서 외출증 없이 학교 밖에 나갔다가 걸려 선생님께 호되게 혼난 일이, 3년 내내 수험생이던 우리의 최대치의 일탈이었다.

빵 1그램에 삽질 한 번. 나는 그 배고픔을 상상할 수조차 없다. 헤르타 뮐러의 소설 《숨그네》에서 수용소에 끌려간 주인공 레오는 강제노역 때마다 손에 쥐는 삽자루 끝에 어김없이 '배고픈 천사'가 앉아 있었다고 말한다. 그 천사는 추위와 굶주림에 여윈 레오를 내려다보며 조롱했다. 할 만큼 하지 않았어? 포기하면 편해.

풍요의 세계에서 자라온 내 일상의 공포는 다른 데 있다. 내가 두려워하는 것은 굶주림이 아니라 밑도 끝도 없는 배고픔이다. 무엇을 얼마나 더 원할지 나도 모른다는 느낌. 스쿠버다이빙으로 바다에 들어가서 해구 같은 것을 엿본 적이 있는 사람은 알 것이다. 내 몸이, 아래로 얼만큼의 깊이가 있는지 알 수 없는 허공에 둥둥 떠 있는 것을 인지할 때의 당혹감과 막막함. 그런 느낌.

엄마가 "나도 20대엔 허리가 24인치였는데" 할 때마다 진짜일까 생각했다. 우리 둘을 낳고 축 늘어진 엄마의 배를 교과서에 나오는 빌렌도르프의 비너스 같다고 놀리곤 했었으니까. 밤에 일하고 장사를 하면서 체중을 관리하는 건 쉽지 않은 일이다. 퇴직한 아버지와 막걸릿집을 할 때는 초저녁에 밥을 먹고 일을 시작해 밤 열한 시가 넘어서 국수와 라면 따위로 끼니를 때웠으니.

우리들을 키우던 30~40대에 엄마는 불안과 우울, 무기력과 싸워야 했다. 그 시절 자주 하던 말이 "배가 불러야 잠이 온다"는 것이었다. 비빔밥을 비벼서 숨도 못 쉴 정도로 잔뜩 먹어야 그제야 신경이 누그러진다고.

20대에 나는 그 기분이 어떤 것인지 어렴풋이 이해하게 되었다. 눈물 뚝뚝 흘리면서, 혹은 멍한 눈으로, 아무도 없는 집에 처박혀 혼자 통식빵을 종일, 하루 종일 앉아 뜯어 먹고, 라면을 끓여 국물까지 닦아 먹은 후에도 여전히 과자 봉지를 쌓아놓고 끝없이 뜯어 먹고 싶은 기분이 들 때 어떻게 해야 하는지, 그 기분이 안 오게 하려면 어떻게 해야 하는지 모르는 때가, 지금도 가끔 찾아온다.

록산 게이는 《헝거》에 열두 살 때 겪은 폭력이 자신의 인생을 어떻게 바꾸어놓았는지, 몸에 어떤 흔적들을 남겼는지 기록했다. 이 책의 부제는 "몸과 허기에 관한 고백"이다. 게이는 그 작업의 과정을 "내 심장 한 가운데를 갈라서 펼쳐놓"는 일이라고 표현했다. "사람들은 내 몸과 같은 몸을 보고 쉽게 단정해버린다. 왜 저 사람이 저런 몸이 되었는지 안다고 생각한다. 아니, 그들은 모른다."

끝없이, 혼자, 숨어서, 가학적으로 먹는 행위는 역설적으로 할 수 있는 최대치의 자기 보호 조치다. 그 끝에는 너무 무겁거나 너무 가벼운 몸이 남는다. 《앉는 법, 서는 법, 걷는 법》을 쓴 곽세라는 이 책에 먹고 토하기를 반복하는 폭식증의 경험을 풀어놓았다. 피트니스 강사로 일하며 '멋진 몸'이라는 찬사를 받던 때의 일이다. "전쟁터로 떠나는 소년병처럼 칼로리가 높을 만한 것은 모조리 입안에 쓸어 넣는다. 그러고는 수치심과 터질 듯한 위가 주는 괴로움에 몸을 잔뜩 웅크린 채 화장실로 가 요란한 소리를 내며 게워낸다."

그는 의사의 당부에 따라 먹고 토하기 전후에 의사에게 전화를 걸어 알리기 시작하면서 "위험하고 폭력적인 비밀 애인"과 같았던 그 일에서 벗어날 수 있었다고 한다. 그리고 이렇게 조언한다. "만약 당신이 폭식증 초기에 있다면 당신과 음식 사이에 제3자를 끌어들일 것을 권한다. 전문가도 좋고, 친구도 좋고, 가족도 좋다. 음식을 끌어안고 문을 잠그지 마라. 늘 누군가가 보는 앞에서 만나면 그 애인은 폭력을 휘두르지 않을 것이다.”

마른 몸을 가지면 여러모로 살기가 참 좋을 거야. 지금대로 충분해. 둘 사이를 오간 세월이 20년은 족히 되는 것 같다. 시원하고 독하게 살을 빼버리거나 이런 말도 안 되는 세상 엿이나 먹어라 하면서 내 멋대로 살거나 둘 중 어느 쪽도 안 되는 사람이어서. 물론 세상은 '답정너'다. 인생은 매끈하기 어렵고, 몸이란 원래가 다 제각각인 법인데, 이 몸이란 걸 관리해서 미끈하게 만드는 게 지금의 사회에선 무슨 티켓 같다. '정상인'의 세계로 들어가는 티켓.

나는 키 160센티미터가 안 되는 내가 어느 날은 한 줌 같아 보이고 또 어느 날은 투실하고 커다랗게 보이고 한다. 마음이 배고픈 때일수록 후자인 날이 많다. 그런 날은 더 많이 먹고 더 후회하게 된다. 더부룩한 속 때문에 맑은 머리로 읽고 쓸 수 없어 더욱 서글프다. 넘치는 풍요로부터 나를 지킬 방법이 필요하다.

나를 미워하는 방식으로는 결코 식욕을 누를 수 없다는 것을 이제는 안다. 날뛰는 탐욕에 끌려다니지 않으면서도 나를 혼내거나 내치지 않고 영혼의 허기를 달래려면, 음식과 고도의 '밀당'을 해야 한다. 쉽지 않은 일이지만, 나의 방식을 찾아가고 있다.

밥은 이전에 내가 항상 밀어내던 것이었다. 탄수화물로 칼로리만 채운다는 느낌 때문이었다. 빵과 면은 입에 달아 항상 당겼다. 이것들로 끼니를 때우고 밥은 한 숟가락도 먹지 않는 날이 부지기수였다. "밥을 먹어야 힘을 쓴다"는 엄마 말을 귓등으로 들었다.

채식을 시작하고 나서야 내가 밀어내던 '곡물'이 얼마나 중요한지를 알았다. 고기를 안 먹으면 단백질을 무엇으로 충족하느냐는 흔한 질문의 해답이 여기에 있었다. 콩을 포함해, 정제되지 않은 다양한 종류의 곡물은 단백질의 가장 주요한 공급원이라고 한다. 요즘은 현미, 흑미, 검은콩, 흰콩, 찹쌀, 기장, 수수, 율무 등 여러 가지를 섞어 밥을 짓고 있다. 먹어보니 속이 든든하고 배변도 활발해져서 더 이상 밥과 곡물을 두려워하지 않게 되었다. 뒤늦게 '밥심'의 의미를 알게 된 느낌이다.

밥은 밥 생각을 없애기 위해 먹는 것이다. 끼니때가 되었다면 양껏 먹어야 한다. 참으라고 강요하면 마음은 마음대로 힘들고 몸은 음식을 더 갈구할 뿐이다. 달콤한 빵 같은 것으로 허기를 모면하는 것은 최악의 선택이다. 혈당이 치솟다가 금방 떨어져 곧 다시 배가 고파온다.

배부르고 속 편하게 먹는 데는 역시 거섶이 최고다. 나물과 푸성귀를 충분히 먹으면 배가 빨리 꺼지지 않는다. 날로 먹으면 많이 먹기 어려우니 익혀 먹는 것도 좋은 방법이다. 바구니에 가득 차던 시금치도 데치면 한 줌 아닌가. 요리할 시간이 충분치 않을 때, 숙주를 데쳐 새콤달콤한 양념간장에 찍어 먹거나 애호박을 큼직큼직하게 썰어 소금과 후추로 간을 해 후룩 볶아내기만 해도 훌륭한 반찬이 된다.

충분히 먹되 뒤가 말끔한 것을 찾아야 한다. 조미료가 많이 든 음식이나 첨가물이 많이 든 과자 같은 것은 뒤끝이 개운치 못해 자꾸 다른 음식을 끌어들인다. 내 경우 마늘, 파, 양파, 부추 따위도 경계하는 편이다. 이것들의 맛을 몹시 사랑하지만, 먹고 나면 배 속부터 혀뿌리까지 열이 나는 느낌이 들어 시럽 팍팍 뿌린 아이스라테 같은 것을 밀어 넣어 불을 끄고 싶어지기 때문이다.

마음의 허기가 찾아오든 말든 안 먹는 것이 있다.

닭, 오리, 돼지, 소, 양 따위의 육류다. 유제품과 알도 피하려고 노력한다. 윤리적 동기로 시작한 일이지만, 식탐 조절 측면에서 봐도 큰 성과다. 소 곱창에 치즈를 뿌려 먹고, 버터로 만든 크루아상 안에 다시 두꺼운 버터를 끼워 먹는 가학적 괴식이 유행해도 나는 손을 댈 수 없다. 어쩌면 나의 채식은 언제든 식욕 앞에 무너질 준비가 되어 있는 스스로를 지탱할 수 있도록 설정한 금기 같은 것일지도 모르겠다.

그릇은 되도록 큰 것을 쓴다. 설거지가 번거롭더라도 그렇게 한다. 작은 접시에 오밀조밀 담긴 음식은 이렇게 소리치는 것같이 느껴진다. '빨리 나를 먹어 치워!' 접시에 여백을 두면 쫓기지 않고 천천히 음미하기가 훨씬 수월하다.

배달 앱은 쓰지 않는다. 내가 밉고 세상이 두려워 우울하고 답답한 기분이 들더라도, 먹을 것을 살 때만큼은 용기를 내서 집 밖에 나가기로 한다. 자주 가는 음식점에 전화나 카톡으로 음식을 주문하고 자전거를 타거나 걸어가서 찾아온다. 문밖을 나가서 세상이 무너지지 않았음을 직접 확인하고, 이런저런 사람들이 제각각의 방식으로 삶을 이어가는 것을 보면 기분이 좀 나아진다. 스테인리스 용기를 가져가 음식을 담아오면 더욱 좋다. 세상에 해를 덜 끼치는 존재가 될 수 있을 것 같은 느낌이 든다. 몸을 움직인 덕에 시나브로 기분이 좀 나아져 있으면 방구석에서 하던 그 몹쓸 생각들을 이어가지 않아도 된다.

영혼의 보약, 혼밥

오늘 점심은 혼밥이다. 생리 첫날, 출근길에 덮쳐온 통증의 기운 앞에 벌벌 떨며 약을 삼키고 멍-해진 나에게 최고의 선물이다.

누구와 마주 보고 먹으면 즐거움을 온전히 누릴 수가 없다. 나는 먹는 게 느려서 다른 사람과 있으면 아무래도 속도 조절이 신경 쓰인다. 게다가 말 많은 나에게, 누군가를 앞에 놓고 말이란 걸 멈추기란 얼마나 힘든 일인지.

요즘 광화문 일대에서는 직장인들 모두 점심을 일찍 먹는 분위기다. 인기 있는 식당은 열한 시 반에 도착해도 이미 자리가 없다. 가게마다 북적북적 붐비다가 한 시가 되면 거짓말같이 텅 빈다.

피크 타임에 혼자 자리를 차지하면 좀 미안하니까, 조금 일찍 가거나 늦게 가서 구석진 자리에 앉는 게 내 나름의 혼밥 원칙이다.

오늘의 메뉴는 곤드레밥. 손님이 거의 빠져나간 시간, 덕수궁 돌담길이 내려다보이는 2층 식당의 창가에 자리를 잡았다.

이제, 오가는 사람을 구경하며 내 속도대로 천천히 씹어 먹는 일만 남았다. 혼자 온 사람이 등 뒤 멀찍이 나 말고 하나 더 있네.

밥이 나왔다. 노르스름하게 나물 색이 밴 곤드레 밥과 알록달록한 찬이 줄줄이 내 앞에 놓인다. 고추장아찌, 구운 김, 들깻가루에 무친 무나물, 콩나물, 깍두기 그리고 떡볶이가 나왔다. 시래기와 들깨가 든 된장국도 조그만 그릇에 딸려왔다.

간장은 조금만. 양념통 안에 동동 뜬 잘게 썬 쪽파의 향기만 즐길 수 있을 정도로 '톡톡' 친다. 먼저 온 그 손님, 쇠숟가락으로 벅벅 그릇 긁는 소리가 거슬린다 했더니, 그릇에 밥이 가득한 자의 여유였구나. 마지막 한 술까지 뜨고 나자, 같은 일을 하고 있는 자신을 발견하게 되었다. 숟가락이 부지런히 밥알을 모아 반 숟갈이나마 만들어내자 입이 몹시 반겼다.

남은 김 석 장은 알싸한 장아찌 양념에 찍어 먹으니 훌륭한 맛이 났다. 이미 풍성한 곤드레 나물 향이 배어 있는 밥을 굳이 김에 쌀 까닭이 없어 남게 된 것이었다. 상에서 제일 무거운 음식은 떡볶이. 국물 없는 기름떡볶이 스타일인데 뒷맛이 어찌나 고소하던지. 떡 하나와 어묵 세 조각을 우물우물 씹어 해치우고 나니 깍두기 국물과 고추 씨앗, 그릇에 붙은 실파 조각 외엔 아무것도 남긴 게 없다.

아, 잘 먹었다.

오후를 살아갈 용기가 짱짱하게 내 안에 들어찬 기분이다.

가끔의 혼밥은 영혼의 보약이다. 다만 칼칼한 국물이나 라면 같은 것들을 선택하게 되면, 지친 마음에는 큰 위로가 되지만 종일 물이 켜이고 몸이 붓는 업보가 따라온다. 그 생각을 하면 아무래도, 담백한 쪽이 진짜 보약인 것 같다.

스스로를 존중하는 법

"글쎄, 제가 불을 써서 뭔가를 해 먹고 있더라니까요!"

J는 재택근무를 하게 되자 생전 처음으로 밥을 해 먹어보았다고 했다. 마켓컬리에서 불고기를 주문해 채소만 좀 넣고 끓였더니 금세 근사한 요리가 되어 "이걸 내가 했다니!" 싶었다고. 나는 그게 그렇게 기쁠 수가 없었다. 반조리식품이면 어떤가. 자신을 해 먹이기 시작했는데 말이다.

우리는 많이 번민하며 20대 후반을 건너왔다. 내가 신문사에서 기자로, 그가 방송국에서 PD로 일하는 동안 직장을 관두고 싶을 때마다 서로 "우리가 틀린 게 아니다, 세상이 썩은 것이다" 하며 버텨왔다. 이제 둘 다 30대인 우리는 무엇이 될 필요 없이, 누구처럼 될 필요도 없이 각자의 방식으로 일을 지속하는 방법을 고민한다.

기자 생활을 시작한 후로 나는 까탈스러운 상사가 부하직원을 다루듯이 나를 대해왔다. 나를 착취하고 쥐어짜는 것 말고는 더 잘할 방법을 알지 못해서, 일 잘하는 나만 선택적으로 사랑하고 아닌 나는 매몰차게 내쳤다. **'밥값도 못하는 것!'**

쌓이는 것 없이 자꾸 뭔가를 내놓아야 했고 모르는 것도 아는 척 써야 했다. 묻고 또 물어 답을 찾는 사람이 되고 싶었는데 기사를 쓴 후에는 늘 뒤만 찜찜했다. 이상이 높은 만큼 실망도 커서 매일 나에게 실망하고 또 실망했다.

그렇게 한다고 일이 더 잘되는 건 아니어서, 30대에 들어서자 조바심만 커졌다. '이것밖에 되지 못했나.' 이 생각에 빠져 나를 괴롭히느라 주변을 돌보지 못했고 많은 사람에게 상처를 줬다.

그 시간 동안 끼니란 대충대충의 다른 이름이다가 자극이 필요하면 많은 양의 달고 맵고 짠 음식으로 그것을 충족하는 수단이 되곤 했다.

그 흔적이 일기장 군데군데 남아 있다. 비가 오던 어느 쌀쌀한 봄날에는 이렇게 썼다. 여기저기 전화를 돌리고 집회 현장에 다녀와서 두 건의 기사를 썼던 일요일이었다.

> 오늘은 토피넛라테와 파리바게뜨의 샐러드빵, ○○커피의 아이스아메리카노와 롯데리아 핫윙, 콜라, 빼빼로, 후렌치파이를 먹고 마침내 방금 이를 닦았다.
>
> 매일 구부정한 자세로 급하게 별 원치 않는 음식

을 먹는 게 싫다. ○○역 파리바게뜨 직원들은 새파랗게 어리고 극도로 불행해 보였다. 상사든 손님이든, 누군가가 이들의 일요일 오전을 확 망쳐놓고 간 게 틀림없었다. 잘못한 사람은 따로 있는데 서로를 미워하고 있는 게 눈에 보였다.

별로 잘할 필요 없는 일에 경쟁심을 보이는 것만큼 노예답고 어리석은 일도 없는데 나만 해도 얼마나 그 함정에 잘 빠지는가 말이다.

영혼 없고 비싼 샐러드빵 같은 걸 온 손에 묻히고 입에도 묻히면서 먹는 건 자존감을 훼손한다. 그걸 낮은 의자에 앉아 높은 테이블에 놓고 먹을 때 나는 투명 망토를 쓰고 있다고 주문이라도 걸어야 한다. 록산 게이가 《헝거》에서 말하는 그 '감쪽같은 혼자 먹기'란 이런 투명 망토 속에서 이뤄지는 일이다.

휴일을 앞둔 어느 금요일 밤에는 이렇게 썼다.

불고기에 비빔냉면, 에스프레소 반 잔, 중국식 양

고기전골과 기름에 튀긴 부추와 계란, 얼음과 우유가 잔뜩 든 흑당버블티. 배 속이 부풀고 숨 쉬기가 어렵고 허리를 세우기 힘들고 정신이 혼미하며 심장이 뛴다. 정화된 상태의 몸을 갈구한다.

호화롭게 먹은 것 같은데 어째 좋다는 말 한마디 없다. 온통 거북함을 토로하는 단어들뿐이다.

세계를 확장하고 새로운 사람을 만나는 데 경도됐던 나는 내 곁의 사람과 내 앞에 놓인 한 끼 밥상을 잘 챙겨 오롯하게 누릴 줄을 몰랐다. 소중한 사람과 이별하고, 가족의 투병을 겪고, 16년 만에 식구들과 재결합하면서야 그것들의 중요성을 깨달았다.

'넌 겨우 여기까지야' 하고 호되게 나를 내치던 그 시절을, 화려한 바깥 음식을 떠나 집밥으로 돌아오며 건너온 것 같다는 생각을 한다. 엄마가 경주에서 왔다 갔다 하던, 내 몸과 마음도 가장 힘들었던 1년 동안은, 출근하는 딸을 위해 아버지가 차려놓은 밥상을 외면하지 못하고 안 먹던 아침밥을 먹느라 그만 몸이 좋아져 버린 것 같기도 하다.

점심 저녁에 일과 관련해 누군가를 만나고 있지 않으면 뭔가 잘못하고 있는 것 같은 느낌에 시달리던 나는 이제 브로콜리와 파프리카 따위를 볶은 단순하고 깔끔한 맛의 음식이 그리워 일찍 집에 돌아올 줄도 안다. 엄마의 주방에서 반짝반짝 빛나던 온갖 재료가 내 집에 옮겨지면 관짝으로 들어가는 것 같아 내도록 미안했는데 늦게나마 나의 부엌을 열심히 굴려가려고 노력하고 있다. 쉬는 날에는 고기 안 먹는 나를 위한 요리를 하나하나 해보는 중이다.

그리고 자주 내게 말해준다. **밥이 먼저야, 밥값이 먼저 아니야.** 밥값 따위 안 해도 못해도 괜찮다. 잘 먹이고 잘 먹는 게 먼저니까!

죽이나 수프는 아니니까

최근 핸드블렌더를 하나 장만해서 이것저것 편히 갈아 먹고 있다.

며칠 전 푹 익은 단호박에 두유를 붓고 두륵두륵 갈다가 문득 이런 생각이 들었다.

나는 그동안 나 자신을, 죽이나 수프 같은 것으로 생각했나. 걸리는 데 없이 후루룩 넘어가고, 쉽게 소화되는.

분위기에 맞춰 많이 웃고 많은 말을 했다. 불편한 얘기가 나와도 적당히 받아치며 화제를 돌릴 줄 알았다. 기대되는 역할을 소화해내면 많은 것이 순조로웠다. 명민하고 어른스러운 아이로 보이기를 즐겼던 어린이 때부터 곧잘 해온 일이기도 했다.

부당한 질문을 받고도 '예 예' 하면 안 된다는 건 20대를 지나오면서 서서히 깨닫게 됐다. 가르치고 납득시키는 게 다 내 몫일 필요는 없다는 것도.

이전에 나는 남들을 이해시켜야 한다고 생각했다. 그렇게 하지 못하면 내가 틀린 게 되는 것 같았다. 횡설수설 말을 하다가 이해받지 못해 울분에 차서 울음을 터뜨리고 나면 내 안에서 뭔가가 무너져버린 느낌이 들었다. '내가 잘못 생각했나?'

뭐든지 잘 먹는 사람이고 싶었던 것도 비슷한 맥

락이었을까. 이것저것 가리는 까탈스런 사람으로 보이고 싶지 않았다. 내 생각이 혹시 틀리지 않았는지, 내가 제대로 살고 있는 건지를 남들에 견줘 파악해봐야 한다고 생각했기 때문에 늘 주변을 두리번거렸던 것 같기도 하다.

몇 해 전 어느 날 하자센터의 99년생 친구들이 쓴 문구를 보았다. 제목은 "성년이 되는 나와 맺는 열 가지 약속". 내용은 다음과 같다.

하나. 웃고 싶을 때만 웃을 것. 애써 웃지 말 것.
둘. 아무에게나 친절을 퍼주지 말 것.
셋. 대답하고 싶은 질문에만 답할 것.
넷. 모르는 건 모른다고 말할 것.
다섯. 말과 말 사이에서 무너지지 말 것.
여섯. 테이킷 슬로우take it slow 할 것.
일곱. 어떤 상황에서든 나를 지킬 것.
여덟. 아프면 아프다고 말할 것.
아홉. 나의 감정을 믿을 것.
열. 나를 믿을 것.

다섯 번째 다짐이 명치를 쿡 찌르는 것 같았다. "말

과 말 사이에서 무너지지 말 것.”

성인이 되는 이들이 정확히 어떤 맥락으로 이 문구를 썼는지 물어볼 기회는 없었다. 다만 이 문구는 내게는 이런 의미로 다가왔다.

사람들이 아무렇지 않게 쏟아내는 무수한 말들 앞에서 우리는 종종 무너지고 만다. 하지만 내 마음에 어떤 심지가 있다면 말은 아무것도 아니다.

그동안 나의 심지는 오가는 말에서 비롯한 오해와 상처 같은 것들에 데어 촛농처럼 녹아버리곤 했다. 그럴 때 몹시 아팠다.

이제는 서두르지 않기로 한다. 설령 제대로 표현할 수 없다고 해도, 아직 언어가 되어 나오지 못한 그것을 소중하게 여기고 단단하게 지킬 줄 알아야 한다.

고기를 안 먹으려 한다고 얘기하면 설명을 요구하는 사람들이 있었다. 고통의 문제를 이야기하면 “상추는 아프지 않으냐”고 물었다.

나는 이 상황을 피하고 싶어 했다. ‘말하기 민망하니 그냥 먹자.’ 메뉴를 고를 때도 선택을 남들에게 미룬

적이 많았다.

하지만 저런 질문을 던지는 사람들이 내 인생에 뭐 그리 중요한가. 가까운 사람 중에는 선택을 존중하고 지지해주는 사람이 훨씬 많다.

사실 나는 핑계를 대고 있었다. 남들과의 언쟁 속에 스스로 무너지는 것이 두렵다고 생각했지만, 그보다 더 두려워한 것은 내가 또다시 나와의 약속을 지키지 않는 사람이 되는 것이었다. 그래서 약속하기를 차일피일 미루고 있었던 것이다.

이를 깨달은 날에 다시 채식을 결심했다. 그것은 '사회생활'이란 구실에 나를 내던져 흘러가는 대로 내버려두지 않고 붙잡아와 내 자리에 세우는 일이기도 했다.

앞으로도 무엇은 먹고 무엇은 먹지 않을지를 끈질기게 고민하고 탐구할 것이다. 나의 존엄 그리고 다른 생물과의 공존을 위해서.

마음을 열고 말을 걸어오는 사람과는 즐거이 대화할 준비가 되어 있다. 하지만 무례한 사람, 자신의 세계를 넓힐 마음이 조금도 없는 사람에게 나를 납득시킬 필요는 없다.

나는 죽이나 수프가 아니다. 누구에게 나를 이해

시키기 위해 사는 것도 아니다. 나의 질문을 찾고 그것에 성실하게 답하며 살아가면 되는 것이다.

웃지 않는 내 얼굴이 보기 좋다고, 가끔 생각한다.

옥상의 상추

입맛이란 얼만큼이 타고나는 것이고 얼만큼이 환경에 따라 결정되는 것일까. 오이나 고수를 잘 먹는 사람과 못 먹는 사람은 유전자가 다르다는 연구 결과가 있다 하니, 먹고 또 먹어본다고 꼭 맛을 알게 되는 건 아닌가 보다.

뭔가를 먹는 법을 알려준 사람은 주로 엄마였다. 식구 모두 쫄깃한 식감을 선호하다보니 닭을 삶으면 마지막엔 가슴살만 남아돌곤 했다. 엄마가 제시한 먹는 법은 닭 껍질로 퍽퍽 살을 쌈 싸듯이 말아서 먹는 것이었다. 고기는 채소와 함께 먹어야 맛있다고 주장한 것도 엄마였는데, 그 영향인지 나는 집을 나와서도 채소 없이는 고기를 잘 삼키지 못했다.

아버지와 밥을 먹을 때면 어찌 그리 생선 내장을 잘 잡수시는지 늘 궁금했다. 꽁치나 갈치 뱃살에 묻은 꺼먼 내장이 혀에 살짝 닿기만 해도 너무 써서, 내 토막에서 내장이 있는 부분은 잘라서 아버지께 미뤄두곤 했다.

20대의 어느 날 횟집에서 구워준 꽁치를 먹다가 '헐!', 내장이 묻은 생선 살이 쌉싸름하니 맛있다는 것을 느껴버리고 말았다. '드디어 내가 꽁치 내장을 먹게 되었구나!' 아버지의 세계를 조금 이해한 것 같은 느낌이 들었다. 전화란 용돈 떨어질 때나 하는 것이었는데 그날은 용건 없이 전화를 걸어 안부를 물었다. 어색한 대화 어딘가에 이 소식을 끼워 전달하기 위해서였다.

지난해 봄, 만으로 일흔이 되어 집에서 보내는 시간이 부쩍 늘어난 아버지에게 옥상에 텃밭을 만들어보자고 내가 제안을 했다. 봄이면 구청에서 약간의 참여비를 받고 '상자 텃밭'이란 걸 배포한다는 정보를 알고 있던 터라 작심하고 신청해보았다.

바퀴를 달아 쉽게 움직일 수 있도록 만든 초록색 상자와 큰 포대에 담긴 흙이 곧 배달되었다. 허브가 잡초처럼 잘 큰다는 얘기를 지인에게 들은 나는 바질과 민트를 키워 페스토도 만들어 먹고 차도 마셔볼까 했는데, 그만 나보다 부지런한 이가 나타나 임자를 자처하고 말았다. 코로나19 확산으로 일감이 끊기자 예정보다 빨리 서울로 이주해온 엄마가 먼저 상추와 케일, 고추 따위를 심어버린 것이다.

겨울이 오기 전까지 여린 상추를 실컷 먹을 수 있겠다고 엄마가 몹시 기뻐했다. 어느 날은 아버지가 옥상에서 케일 이파리 여남은 장을 따왔는데, 이파리에 구멍이 숭숭 뚫려 있었다. "벌레한테 빼앗길까봐 급하게 다 따왔다." 우리가 이파리에 몸을 숨긴 초록색 작은 벌레와 라이벌이라니, 쿡 웃음이 났다.

가끔 두 분이 경주에 내려가시게 되면 아버지는 동생에게 물을 잘 주라고 신신당부를 하셨다. “아부지 말씀이 꼭 막냇동생 돌보듯 하라시는 것 같아서……” 늘상 늦잠을 자던 동생이 해뜨기 전에 물을 줘야 한다고 떠지지 않는 눈을 비비며 옥상으로 향했다.

우리 집 네 식구 중에 농사짓는 집에서 자란 사람은 엄마뿐이다. 영천에 계신 외삼촌은 지금도 철마다 우리 먹을 채소와 과일을 보내주신다. 내가 어릴 적에는 대추 농사를 크게 지어서 가을이면 온 가족이 모여 대추 수확을 도왔다. 대추밭을 신나게 뛰어다니다가 코앞의 나뭇가지를 못 보고 긁힌 적이 여러 번인데, 아직도 왼쪽 눈가에 흉터 하나가 희미하게 남아 있다.

기숙학교로 떠난 후로 한 번도 일을 돕지 못했다. 농가의 소득이란 나빠지는 일밖엔 없는 것인지, 해마다 배나무를, 사과나무를, 포도나무를 뽑아낸다는 이야기만 들려왔다.

5월이 되자 영천에서 마늘을 갈아엎는다는 연락

이 왔다. 올해 마늘이 풍년이라 놉을 해봤자 손해만 보기 때문이란다. 엄마는 "장에서는 비싸가지고 갈증만 나던데" 하고 조바심을 냈다.

곧 대구 이모네가 마늘을 부쳐왔다. 밭을 싹 갈아엎기 전에 식구들 먹을 것이라도 캐내러 다녀온 것이었다. 밭에서 갓 나와 아직 마르지 않은 마늘은 보랏빛을 띠었다. 버썩 말라 단으로 묶인 것만 보았었는데, 이렇게 보니 무화과를 연상시키는 썩 아름다운 모양이구나.

아파트에서 자란 내가 영천의 시골조차 구경할 수 없었더라면 우리가 먹는 것들이 어디서 나는지 전혀 상상하지 못했을 것이다. 지금은 '황리단길'로 변해버린 경주 구도심 일대에서 자란 아버지는 1990년대 초반 신도심에 자신의 첫 집을 마련했다. 내가 네 살쯤 되었을 때 우리는 새 아파트에 입주했다. 초등학교에 입학하던 해만 해도 나는 퀴퀴한 거름 냄새를 맡으며 흙을 밟고 등교했다. 얼마 지나지 않아 아파트 단지들이 쭉쭉 들어서고 대형 슈퍼마켓도 생겨나면서 흙은 모두 아스팔트로 덮여버렸다.

가수 이효리는 한 예능 프로그램에서 어릴 적 밥을 남기면 쌀알 수만큼 아버지께 매를 맞았는데 한 대

맞을 때마다 "농민의 땀!" 하고 외쳐야 했다고 밝힌 적이 있다. 나는 그 말을 듣고 엄마 생각이 났다. 엄마가 입버릇처럼 "농사짓는 공을 생각하면 쌀 한 톨도 못 버린다"고 말했기 때문이다.

엄마는 옥상에 생겨난 다섯 개의 상자를 고향집 텃밭이 돌아온 마냥 반겼다. 산 쪽을 등지고 선 4층짜리 빌라의 옥상에 올라가면 높은 주거용 건물들을 마주하게 된다. 자동차 정비 공장이 모여 있던 자리에 몇 년 새 오피스텔이 우후죽순 들어서 완전히 다른 모양이 되었다. 좋은 풍경이라고 하기 어려운데도 엄마는 이 공간을 몹시 아꼈다.

7월 말 우리 가족은 경주 집을 정리하고 짐을 모두 서울로 옮겨왔다. 경주의 아파트 베란다에 엿기름 찌꺼기를 삭혀뒀던 엄마는 기어이 그것을 아버지 차에 실어 가져왔다. 한동안 아버지의 차에서 퇴비 냄새가 났다.

음식물이며 재활용 쓰레기를 내놓을 때마다 혼잣말로 "사람 사는 것 자체가 쓰레기 만드는 일이다" 하던 엄마는, 직접 만든 퇴비로 효과를 보자 과일 껍질과 양

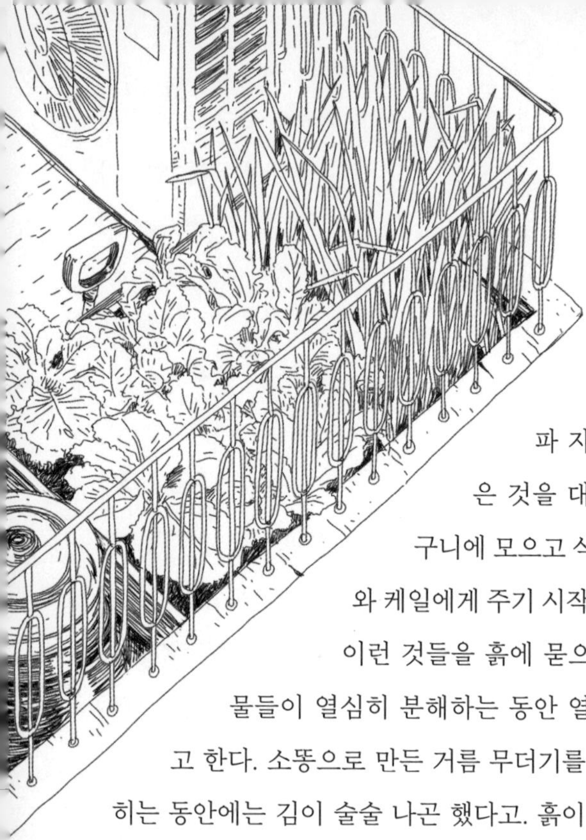

파 자투리 같은 것을 대나무 바구니에 모으고 삭혀 상추와 케일에게 주기 시작했다.

이런 것들을 흙에 묻으면 미생물들이 열심히 분해하는 동안 열이 난다고 한다. 소똥으로 만든 거름 무더기를 덮어 삭히는 동안에는 김이 술술 나곤 했다고. 흙이 너무 뜨거워지면 뿌리가 상하게 된다고 상자를 자주 만져보고 온도를 확인한다고 했다.

음식물 찌꺼기와 소똥을 묻어 다시 식물을 키우는 이런 순환에 대해 이전에는 조금도 알지 못했다. 마트에서 사오는 모든 것은 스티로폼과 비닐에 단단히 포장되어 공장에서 만든 것 같은 느낌을 주지 않는가 말이다.

초가을 어느 날 이 집에서 자고 일어났더니 엄마가 내 손을 잡아끌고 옥상으로 갔다. 다 죽어가던 고추에 퇴비를 주니 이렇게 살아났다고 자랑을 했다. 그러면서 뾰족뾰족 돋아나는 상추며 케일 이파리를 다 한 번씩 훑어 쓰다듬는 것이었다.

전염병 때문에 발이 꽁꽁 묶인 추석 연휴에 나도 한번 이 공간을 이용해보기로 했다. 차례를 마치고 한 상 차려 먹은 다음 배를 두드리던 나는 낮부터 와인을 홀짝이며 해가 떨어지기를 기다렸다. 보름달을 곁에 두고 책이나 읽자는 심산이었다.

어둠이 내리자마자 옥상에 올라갔다. 아버지의 등산용 헤드랜턴을 머리에 쓰고 병에 남은 와인을 탈탈 털어 머그컵에 가득 따랐다. 물뿌리개 옆에 놓아두고 이따금씩 호록거리며 책을 읽기 시작했다.

수천 개의 창이 나를 내려다보는 파놉티콘 같던 이곳은 글쎄 오감이 낙지 혹은 문어 다리처럼 사방으로 뻗어나가는 공간이었다. 당최 책에 집중할 수가 없었다.

공기가 청량해 소리가 멀리까지 나아갔다. 어느 집 스피커에선 바이올린 선율이 흘러나왔고 창마다 그릇 달그락거리는 소리, 도마에 뭔가 써는 소리, 욕실 샤워기에서 물 나오는 소리, 아이들 웃음소리가 선명하게 들려왔다.

그러는 동안 벌레들이 쉴 새 없이 내게 다가왔다. 헤드랜턴 불빛 때문인 것 같았다. 한번은 와인에 빠진 벌레를 손가락으로 건져냈고, 한번은 눈 쪽으로 달려드는 납작한 벌레를 손으로 훑어냈다.

“아이고 여기서 뭐하노, 모기한테 다 뜯긴다.” 간밤에 모기한테 한참 시달린 엄마가 이불을 가져다 내 다리에 덮어주며 말했다.

휘영청 뜬 달을 엄마하고 같이 보았다. 초저녁 내 뒤통수에 있던 달이 어느새 내 왼쪽으로 옮겨와 있었다. “계-수나-무 한-나무-” 하고 내가 시작하자 엄마가 합류해 끝까지 함께 노래를 마쳤다.

저 움직임을 그린 것이구나. 돛대도 삿대도 없이 잘도 간다는 '반달'의 노랫말 뜻을 나는 이날에야 알았다. 그동안 빈 하늘에 달 가는 것 한번 제대로 본 일이 없어 뜻은 생각해보지도 못한 채 그저 외워 읊었을 뿐이다.

70년대에 20대이던 아버지는 원망願望했던 서울살이가 여러 사정으로 좌절되자 경주로 돌아와 공무원으로 일하다가 2000년대에 정년을 마쳤다. 내가 서울살이의 팍팍함을 토로하며 "나중에는 다른 데서 살고 싶다" 하면 "한 번 올라간 놈들은 다시 돌아오는 일이 없다" 했다. 산업화 시대에 청년기를 보낸, 자원과 기회가 서울에 쏠린 것을 절실하게 느끼며 살아온 아버지의 소회를 압축하는 말이라고 나는 생각했다.

나는 몸 놓인 공간에서 자꾸 벗어나고 싶어 했다. 경주에서 구미로, 구미에서 서울로, 서울에서 베이징으로 또 런던으로 옮겨 다녔다.

많은 것을 보고 배웠다. 그러나 어디에도 이상향은 없었다. 돈의 흐름에 좌우되는 모든 것에 환멸을 느끼면서도 바로 그 돈을 벌어 스스로를 부양해야 하는 삶이 모순되게 느껴졌다. 나는 돈 없는 사람도 환대하는 공간을 상상했던 것일까?

달아나도 소용없을 것이면, 이제는 어디든 발붙인 곳에서 조그만 저항을 계속하며 살아가고 싶다고 생각한다. 식탁 위의 폭력을 거부하고, 쓰레기를 덜 만들기 위해 애쓸 것이다. 가진 것이 부족해서 덜 쓰고 덜 버릴 수밖에 없었던 부모님의 방식을 보고 배워 익힐 것이다. 많은 걸 바라지 않는다면 잘할 수 있을 것이다. 멀리 떠날 수 없을 때는 옥상에 올라와 풀과 달을 바라볼 수 있을 것이다.

욕망의 재구성

전염병이 곧 세계를 덮치리라고는 상상도 하지 못했던 2019년에 두 나라를 방문할 기회가 있었다.

미국 방문 때 처음으로 자동차를 몰아보았다. 그랜드캐니언으로 향하는 길에 쨍한 원색으로 도장한 지프차가 스쳐 지나갈 때마다 눈을 떼지 못했다. 한국에서 한 번도 차를 욕망한 적 없던 나는 힘 좋고 큰 차로 뻥 뚫린 도로를 마음껏 달리고 차를 세울 때면 그 위에서 풀쩍 뛰어내리는 상상을 했다. 몇 달을 그 생각에 사로잡혀 보낸 것 같다.

핀란드 헬싱키에서는 느린 전차와 버스로 도시를 돌아다녔다. 도심에서 퇴근한 사람들이 산속의 집으로 돌아가는 것을, 등에 짊어진 롤러스키를 꺼내 신고 이동하는 것을 보았다. 소박한 자동차들 가운데 2인승 전기차가 특히 눈에 띄었다. 돌돌거리며 구불길을 가는 모습에 몹시 정이 갔다. 지프차의 이미지가 흐려지고 조그맣고 귀여운 차에 대한 욕망이 그 자리를 채우는 게 느껴졌다.

둘 다 지금은 잊었다. 서울서 혼자 사는 내게 무슨 차가 필요하겠는가. 다만 결코 길지 않은 시간 동안 두 가지 생경한 욕망이 내 안에 갈마든 느낌이 흥미로워 잊히지 않는다. 변덕스런 내 마음은 각각의 환경에서 가장 멋져 보이는 것을 집어 들었을 것이다.

개그콘서트 '어르신' 코너에서 김대희가 "소고기 사 묵겠지~!" 할 때 많이 웃었었다. "일 열심히 하면 뭐하겠노, 돈 많~이 벌겠지, 돈 많~이 벌면 뭐하겠노, 기분 좋~다고 소고기 사 묵겠지, 소고기 사 묵으면 뭐하겠노, 외제차 사겠지, 외제차 사면 뭐하겠노, 기분 좋~다고 소고기 사 묵겠지!"

직업도 없고 미래도 불투명하던 때, 이 개그는 내게 소신껏 살란 말로 들렸다. '욕망의 정점이라는 게, 기껏해야 소고기인가?' "부자는 열 끼, 스무 끼 먹나, 무봤자 세 끼다!" 하던 엄마 말과도 통하는 바가 있었다. 안달복달해서 많이 가지면 뭘 하겠다고.

그놈의 소고기, 이제 나에게 충분히 사줄 수 있다. 하지만 영혼의 충족감은 소고기로 달랠 수 있는 게 아니다. 나는 더 나은 것을 추구하고 싶다.

진짜 좋은 것이 무엇인지, 우리 주변을 무엇으로 둘러싸야 그것을 욕망할 수 있는지, 함께, 더 자주 얘기 나눴으면 좋겠다.

도움받은 책

인용한 책

곽세라, 《앉는 법, 서는 법, 걷는 법》, 쌤앤파커스, 2018, 전자책 기준 28쪽, 29쪽, 30쪽.
록산 게이, 《헝거》, 노지양 옮김, 사이행성, 2018, 23쪽.
호프 자런, 《나는 풍요로웠고, 지구는 달라졌다》, 김은령 옮김, 김영사, 2020, 74쪽, 75쪽.

참고한 책

김도현, 《장애학의 도전》, 오월의봄, 2019.
노르망 바야르종, 《철학자의 식탁》, 양영란 옮김, 갈라파고스, 2020.
메리 셸리, 《프랑켄슈타인》, 김선형 옮김, 문학동네, 2012.
멜라니 조이, 《우리는 왜 개는 사랑하고 돼지는 먹고 소는 신을까》, 노순옥 옮김, 모멘토, 2011.
문성희, 《평화가 깃든 밥상》, 샨티, 2009.
문성희, 《문성희의 밥과 숨》, 김영사, 2018.
비 윌슨, 《식사에 대한 생각》, 김하현 옮김, 어크로스, 2020.
전홍진, 《매우 예민한 사람들을 위한 책》, 글항아리, 2020.

초식마녀, 《오늘 조금 더 비건》, 채륜서, 2020.
최훈, 《철학자의 식탁에서 고기가 사라진 이유》, 사월의책, 2012.
캐럴 J. 아담스, 《육식의 성정치》, 류현 옮김, 미토, 2006.
클라이브 D. L. 윈, 《개는 우리를 어떻게 사랑하는가》, 전행선 옮김, 현암사, 2020.
피터 싱어, 《동물 해방》, 김성한 옮김, 연암서가, 2012.
한강, 《채식주의자》, 창비, 2007.
헤르타 뮐러, 《숨그네》, 박경희 옮김, 문학동네, 2010.

섭식일기

초판 1쇄 펴낸날 2021년 2월 9일
지은이 최미랑
펴낸이 박재영
편집 이정신·임세현·한의영
마케팅 김민수
디자인 조하늘
제작 제이오
펴낸곳 도서출판 오월의봄
주소 경기도 파주시 회동길 363-15 201호
등록 제406-2010-000111호
전화 070-7704-2131
팩스 0505-300-0518
이메일 maybook05@naver.com
트위터 @oohbom
블로그 blog.naver.com/maybook05
페이스북 facebook.com/maybook05
인스타그램 instagram.com/maybooks_05

ISBN 979-11-90422-62-8 03810

이 도서의 국립중앙도서관 출판시도서목록(CIP)은 e-CIP홈페이지(http://nl.go.kr/ecip)와
국가자료공동목록시스템(http://www.nl.go.kr/kolisnet)에서 이용하실 수 있습니다.

책값은 뒤표지에 있습니다. 잘못된 책은 바꾸어 드립니다.

만든 사람들
책임편집 임세현
디자인 조하늘